Klaus Nett

SCHULDNER DER ZEIT

Wann ist ein Vergehen vergangen?

Kann man der Zeit etwas schulden?

Und darf man als Statthalter der Zeit in das Leben fremder Menschen eingreifen?

Ich glaubte den Bahnsteig menschenleer, bis Luca mich an der Schulter packte und an dem Glaskasten des Zugabfertigers vorbei zum Ende des Bahnsteigs wies. Dort, außerhalb des von den Lampen erhellten Bereichs, stand ein Mann, die Hände hinter dem Rücken verschränkt, und schaute zu den sich verästelnden Gleisen hinaus, die nach dem Verlassen des Bahnhofs sich in die verschiedensten Richtungen verloren.

„Er wartet auf einen Zug, der nie ankommen wird", sagte Luca.

(aus: „Schuldner der Zeit")

Neben der Erzählung finden sich in diesem Band mehrere Feuilletons, ebenso scharf- wie tiefsinnig, sowie wortgewandte Autorenportraits, u.a. zu Javier Marias, Thomas Mann und H. P. Lovecraft.

Schließlich führen Reportagen über Kultur-Reisen weit in die Vergangenheit und heben Malerei und Architektur auf überraschende Weise in unser Bewusstsein. Und auch hier zeigt sich, dass die Zeit das Vergangene immer wieder lebendig werden lässt – in uns und um uns.

Klaus Neff, zweimaliger Preisträger des Marburg-Awards, hat Kurzgeschichten in verschiedenen Anthologien veröffentlicht.

SCHULDNER DER ZEIT

Erzählung & Feuilletons

von

Klaus Neff

Bibliografische Information der Deutschen Nationalbibliothek:
Die Deutsche Nationalbibliothek verzeichnet diese Publikation in
der Deutschen Nationalbibliografie; detaillierte bibliografische Daten
sind im Internet unter dnb.dnb.de abrufbar.

Verlag:
BoD · Books on Demand GmbH, Überseering 33,
22297 Hamburg, bod@bod.de
Druck:
Libri Plureos GmbH, Friedensallee 273,
22763 Hamburg

ISBN: 978-3-7693-8945-6

Inhalt

SCHULDNER DER ZEIT 7

FEUILLETONS 41
    Biotop S-Bahn 43
    Orgel in Blau 50
    Luftperlen 58

LITERARISCHE ESSAYS 61
    Javier Marias und die Kunst der Unschärfe 63
    H. P. Lovecraft: Das Vokabular des Grauens 67
    Einseitiges (Mann, Marias, Cervantes,
    Greene, Raabe, Collins) 75

REISE-REPORTAGEN 93
    Andalusien 95
    Belgien 121
    Niederlande 145
    Sizilien 167

SCHULDNER DER ZEIT

1

Ich habe die Begegnung mit Luca nicht gesucht. In der Tat hatte ich sie schon lange vergessen, absichtlich, unabsichtlich, so wie man andere Gefährten der Kindheit vergisst, wer will sich dauernd daran erinnern, wer er war und was ihn beschäftigt hat, wir müssen vergangene Freunde vergessen, um neue zu finden. Wir entwerten, vielleicht aus Selbstschutz, unser altes Ich, um ein neues entfalten zu können, wir bauen unseren Turm vom Ich auf dem Schutt des alten und lächeln daher über Vergangenes und übertünchen es mit der Patina des Anekdotenhaften. Luca saß in der Schule eine Bankreihe vor mir. Ich weiß nicht mehr, wer damals mein Nachbar war, es muss mein bester Freund gewesen sein, aber mehr als ein verwischtes Gesicht will mir nicht in Erinnerung kommen. Auch die anderen Schüler sind im Reich des Vergessens verschollen, vorzeitig heimgekehrt in den Nebel des Ungeschehenen, des Ungeschehenen für mich, denn alles, was nicht mehr erinnert und erzählt werden kann, alles, was in unserem ärmlichen Dasein keine Spuren hinterlassen hat, das geben wir als kleine Anzahlung an die Zeit zurück, kärglicher Zins unserer großen Schuld.

Luca und ich tauschten während des Unterrichts oft kleine Zettel aus, Witzbotschaften, Bösartigkeiten über Lehrer und Mitschüler, Karikaturen, wir gaben in Worten und Zeichnungen das Spärliche wieder, was wir an der Welt auszusetzen hatten, was wir lustig oder bedrohlich fanden, es waren immer die gleichen Gesichter und Themen, die gleichen Witze, aber da wir nichts anderes hatten (weil wir noch nicht genügend gelebt hatten), mussten wir uns innerhalb dieses schmalen Terrains bewegen und es wieder und wieder beackern. Wir waren in einem Alter, wo die Freundschaft zwischen Mädchen und Jungen noch nicht beargwöhnt wird, zumindest ich war in diesem Alter. Luca war ein lautsprecherisches Kind. Setzte sie zu einem Lachen an, meinte man, der Mund sprenge das Gesicht. Auf eine affenartige Weise trat die Lippe zurück und entblößte das rosige Zahnfleisch, in dem die Zähne krumm standen, und man meinte durch manche Lücke in ihren Schlund schauen zu können, dort wo das Gaumensegel in der herausgebrüllten Lachsalve schlackerte und wo aus dem Kehlkopf ein heiseres Gänseschnattern hervordrang. Alles war in Bewegung, ein hyperaktives Kind, die Arme ruderten, als wollten sie sich den eigenen Witz vom Leib halten, die Beine traten unruhig auf der Stelle, wie scheue Pferde, die der Peitsche des eigenen Humors gehorchen mussten. Sie war ein ruheloses Kind, ihre Witze waren vielleicht eine Art Ausgleich, eine Betäubung. Humor ist ein williger Fluchthelfer, er lässt uns eigene Misslichkeiten vergessen, versetzt uns in einen Höhenrausch, aber der Rausch ist kurz, der Kater unvermeidlich, aber wie bei allen Rauschzuständen reizt uns der Kater zum nächsten Besäufnis, und so gab sich Luca mehr und mehr den Gelagen des Witzes, der Sticheleien, des heimlichen Spotts und der milden Verleumdung hin. Sie hatte eine entwaffnende Art. Jeder wurde von ihr gefoppt, verhöhnt oder betrogen. Niemand konnte ihr lange böse sein. Es war einfach normal. Wer mit ihr in einer Klasse war (und daraus lässt es sich nicht entfliehen), der nahm Luca hin, so wie man einen sadistischen Lehrer hinnimmt, es gab keine Gegenwehr, sie war für ein Mädchen und für eine Zehnjährige kräftig und übergroß. Immerhin tröstete es uns, dass sie ihre Gemeinheiten gleichmäßig aufteilte, weder der Klassenstreber noch das Mauerblümchen wurden von ihr unter- oder übervorteilt, und diese Art der demokratischen Veräppelung machte ihre Streiche verzeihlich. Es gab Stimmen, die für ihr Verhalten eine Erklärung hatten, erwachsene Stimmen, Stimmen, die viel Lebenszeit aufgebraucht hatten, Menschen, die sich Eltern oder Großeltern oder Lehrer nannten und die ihre Lebenserfahrung mit dem Alter und dem gebückten Gang und dem Drang nach Geld und Geltung teilweise bezahlt hatten (aber die letzte Rechnung steht noch aus). Aus diesen Mündern kam die einleuchtende Erklärung: „Sie will sich nur wichtig machen, das arme Mädchen, seit wie vielen Jahren ist ihr Vater schon durchgebrannt, es ist nicht einfach ohne ordnende Hand; das Kind macht, was es will, die Mutter ist überfordert, hat sie sich jetzt schon scheiden lassen, in Abwesenheit ihres Gatten, geht das überhaupt, was bleibt ihr übrig."

Nach dem zweijährigen Intermezzo in unserer Klasse sah ich Luca mehr als zwanzig Jahre lang nicht mehr. Ich vermisste sie nicht, ich vermisste überhaupt nichts, ich lasse meine Wege im Dunkeln, es interessiert nicht, was ich gemacht und gemieden, was ich gesucht und was ich gefunden hatte, genauso wie Lucas zwanzig Jahre im Nebel des Ungesagten verbleiben. Auch sie muss während dieser Zeit gelebt, gedacht, geplant haben, auch sie hat von ihrer geliehenen Lebenszeit gezehrt, hat gelernt, nur in die Zukunft zu blicken, sich als Wesen zu sehen, aus dem dies und das werden soll oder wird, faule Pläne, wir korrumpieren unser kommendes Ich mit solchen Prognosen, wir bauen Hürden auf, die es nicht bewältigen kann. Wir träumen hoch, kein Ziel ist zu weit und zu beschwerlich, als dass wir es uns nicht vorstellen können. Wir scheitern nicht an den Zielen, sondern an den Wegen dorthin. Nicht das Ziel raubt die Kraft, sondern der tägliche, mühsame Gang, der uns nur im Schneckentempo vorwärtsbringt, ein Getrippel, das nichts von der Großartigkeit beinhaltet, auf die es gerichtet ist, und während wir uns anfangs noch an unserem Ziel berauschen können, verlieren wir es nach und nach aus den Augen (aus dem Blick der Fantasie) und dann wird uns die Härte und die Unerbittlichkeit bewusst, mit der wir es in Zwergenschritten zu erreichen suchen, und die Wut packt uns, die Säuernis des Lebens stößt uns auf, und entrüstet und verächtlich abtuend lassen wir von unserem Ziel ab, wir geben es auf (ohne es zuzugeben), und wer uns fragt, dem antworten wir überzeugt: „Natürlich will ich noch ... selbstverständlich bin ich noch dabei, um ...″ Wir reden uns diese Lüge so lange ein, bis wir sie glauben, und wenn dann die Zeit weiter und weiter schreitet, in den gleichen Zwergenschritten, die wir verfluchten, wenn die Zeit sich mehr und mehr aufsummiert, sich anhäuft zu Monaten, Jahren, zu unvorstellbaren Zeiträumen (wer kann sich wirklich ein Jahr mit all seinen dreihundertfünfundsechzig Tagen vorstellen?) - wenn also die Zeit (die ewig Unvollendete) sich scheinbar vollendet hat und wir überrascht sind, einen ergrauten Kopf im Spiegel zu sehen, eine von rissigen Furchen durchzogene Hand, eine trübes Auge, wenn unser Lebenskapital zur Neige geht, dann durchzucken uns die alten Pläne und Ziele, und mit aufreizender Buntheit kommen uns die überfliegerischen Träumereien von früher in den Sinn. Und da wir an unserem faltigen Gesicht, an den auffunkenden Schmerzen im Leib erfühlen können, welch lange Zeit verstrichen ist, eine Zeit, die mit Taten und Verwirklichungen hätte genutzt werden können, dann fluchen wir über unseren Kleinmut. Wir können uns unsere Disziplinlosigkeit nicht verzeihen, wir schimpfen und weinen, wir könnten unser altes Ich ermorden, jenes Wesen, das wir einst waren und das Schuld trägt an unserem jetzigen Missstand, das versäumte, den richtigen Pfad einzuschlagen und ihn ausdauernd zu verfolgen.

Ich weiß nicht, welchen Pfad Luca eingeschlagen hatte und welchen sie gerne gegangen wäre, ich weiß nur, dass, als ich sie wiedertraf, sie ihr affenartiges Lachen ins Erwachsenendasein hinübergerettet hatte. Nur die Stimme dazu war ihr etwas abhanden gekommen, ihr kindliches Gebrüll war zu einem gedämpften, beinahe kalkulierten Kichern geschrumpft. Auch klaffte ihr Mund beim Lachen nicht mehr so weit auf wie früher, und ich sah daher erst später, dass ihr lückenhaftes, schiefes Gebiss sich zu perfekt überkronten Zahnreihen gewandelt hatte.

Wir trafen uns auf einer Ausstellung, die einem karitativen Zweck gewidmet war. Ihre Erlöse sollten einem Fonds zugute gekommen, der Opfer von Gewaltverbrechen finanziell unterstützte. Wir erkannten uns sofort, blickten uns an, als hätten wir uns erst gestern zum letzten Mal gesehen, und als unsere Unterhaltung begann, hatte sie nichts von der faden Nostalgie, die Begegnungen alter Schulkameraden gewöhnlich auszeichnet. Unsere Kinderzeit erwähnten wir mit keinem Wort, als hätte es die damaligen Gestalten nie gegeben.

„Stümperhaft. Alles sehr stümperhaft und fadenscheinig", sagte Luca und blickte sich gereizt um. Der Ausstellungssaal war vollgestopft mit Objekten, zwischen denen die Besucher gemächlich umherschlenderten. Viele Bilder waren in düsteren Farben gehalten. Bei den plastischen Arbeiten überwogen Gebilde aus Draht und scharfkantigem Metall.

„Man hat sich bei den Objekten zu sehr an der wenig erfreulichen Thematik der Stiftung orientiert", sagte ich. „Aber so schlimm finde ich die Arbeiten nicht."

„Die meine ich auch nicht." Sie schwenkte ihr Sektglas, und mit einem alles verschlingenden Händerudern umschloss sie den Saal, die Arbeiten, die Künstler und die Mäzene, die Wichtigtuer und die Statisten und das wohldeodorierte Büffetpersonal. Dann glitt ein Ausdruck des Angewidertseins über ihr Gesicht. Sie ließ mich stehen und marschierte durch die Räume, nichts und niemanden eines Blickes würdigend. Es lag etwas Energisches in ihrer Gestalt. Mir fiel auf, dass sie das burschikose Aussehen von früher verloren hatte, dass sie die ungeschlechtliche Fülle der Zehnjährigen gegen eine grazile Schlankheit eingetauscht hatte. Was störte sie hier? So reizbar kannte ich sie nicht. Da mir die neue Luca fremd war, da ich sie nicht mit dem Kind Luca in Übereinstimmung bringen konnte (und alles, was sich nicht deckt, ist von Reiz), wollte ich sie nicht vorzeitig gehen lassen. Luca gehörte zu den Menschen, deren „charakterliche Land-

schaft eine Begehung wert sind", wie es mein Professor auszudrücken pflegte. Und in dieser Landschaft tobte anscheinend gerade ein Sturm, und es sind die Unwetter, die bei Landschaften,
Gemälden und Menschen die entlarvendsten Ansichten freilegen.

In einem anderen Raum fand ich sie in ein Gespräch mit einer
Frau. Diese redete gestikulierend auf sie ein. Luca hatte sich mit
halbgeschlossenen Lidern von ihr abgewandt und hörte scheinbar nur zu, um gelegentlich mit der Hand eine wegwerfende Bewegung zu machen. Als sie sah, dass ich sie beobachtete, huschte
eine Idee über ihr Gesicht. Sie ließ die Frau mitten im Satz stehen,
stellte ihr Glas auf den Sockel einer der Plastiken und packte
mich am Arm.

Sie schob mich aus dem Saal, wir drängten einen Sektkellner
beiseite und verließen das Gebäude. Aus der polyphonen Geschwätzigkeit traten wir hinaus in eine unwirkliche Stille. Regen
nieselte herab. Eine Gänsehaut der Kälte und der erregenden Un-
wissenheit kam über mich. Wortlos liefen wir durch die nächtliche Stadt, bis Luca das Schweigen (ein Schweigen der endlosen
Möglichkeiten) brach.

„Ich muss dir etwas zeigen", sagte sie und winkte ein Taxi
heran. „Zum Hauptbahnhof", wandte sie sich an den Fahrer.

„Falls du eine längere Reise vorhast . . .", wandte ich ein. „Ich
muss morgen früh nämlich . . ."

Sie schaute mich verständnislos an und schüttelte dann den
Kopf. „Es dauert nicht lange."

Auf der Fahrt versuchte ich den Grund für ihren überstürzten
Aufbruch herauszufinden. Ich fragte sie, was ihr an der Ausstellung missfallen habe. Zuerst antwortete sie verstockt, schüttelte
abweisend die Hand, und erst auf mein wiederholtes Drängen
brach sie plötzlich in einen Wortschwall aus, laut und zusam-
menhanglos, so dass der Taxifahrer die Geschwindigkeit drossel-
te und uns im Innenspiegel besorgt musterte. Ich habe nicht viel
von Lucas Rechtfertigung in Erinnerung behalten, nur so viel,

dass sie von vornherein ausschloss, dass Opfer überhaupt durch Geldzuwendung zu entschädigen seien. „Wie soll das gehen? Das funktioniert nicht!", ereiferte sie sich, und auf meinen Einwand, dass damit zumindest ein besseres Lebensumfeld möglich sei, stierte sie mich verwirrt an. „Aber darum geht es doch nicht", schrie sie. Der Taxifahrer tastete nach seinem Funkgerät. „Mit Geld kann man das doch nicht wiedergutmachen."

„Es geht auch nicht um moralische Entschädigung. Das Geld soll anderweitig helfen. Versteh doch: die Ausgaben, Rehabilitation, Ausfallkosten."

Ihre Augen weiteten sich vor Verblüffung, dann brach sie in ein Lachen aus, das durch die halb geschlossenen Lippen, durch die perlweißen Kronen durchzischte, und sagte dann: „Ach so meinst du das", sie schwieg daraufhin, scheinbar gutgelaunt, und der Wagen nahm wieder Fahrt auf.

2

Der Bahnhof lag gebadet in aseptischem Licht. Die Geschäfte hatten ihre Rollos heruntergelassen. Der Schmutz eines betriebsamen Tages überzog die Fliesen, quoll aus den Mülleimern, nistete sogar in den Gesichtern der wenigen Reisenden, die sich jetzt, in der Grauzone zwischen Nacht und Morgen, müde vor den Anzeigentafeln sammelten oder sich in die Sitze vor dem Videobildschirm hatten fallen lassen. Ein herrenloser Koffer stand vor den Toiletten. Eine Putzfrau schlich mit bösem Blick umher.

Wir stiegen die Treppe zu Gleis sieben hinauf. Ein Zugabfertiger saß in seinem Glaskasten und stützte den Kopf auf die Hand. Tauben schienen mit geschlossenen Augen einen Mülleimer zu bewachen, und ihre Lider öffneten sich erst, als wir dicht an ihnen vorübergingen.

Ich glaubte den Bahnsteig menschenleer, bis Luca mich an der Schulter packte und an dem Glaskasten des Zugabfertigers vorbei zum Ende des Bahnsteigs wies. Dort, außerhalb des von den Lampen erhellten Bereiches, stand ein Mann, die Hände hinter dem Rücken verschränkt, und schaute zu den sich verästelnden Gleisen hinaus, die nach dem Verlassen des Bahnhofs sich in die verschiedensten Richtungen verloren.

„Er wartet auf einen Zug, der nie ankommen wird", sagte Luca und zog mich vorwärts. Der Bahnbeamte in seinem Glaskasten war endgültig eingenickt. Auch die Tauben hatten sich wieder beruhigt und gurrten einander schläfrig zu.

Als wir uns auf wenige Schritte dem Mann genähert hatten, hielt ich inne. Luca hingegen stellte sich unmittelbar hinter ihn und blickte ihm über die Schulter. Dann wandte sie sich gequält grinsend um.

„Ist er taub?", fragte ich.

Luca schüttelte den Kopf. Die Jacke des Mannes saß schief auf den Schultern. Das strähnige, schon lange nicht mehr frisierte Haar stand auf dem Kragen auf und sonderte sein Fett darauf ab. Die Hose wies zerschlissene Stellen auf, die Schuhe hatten sich chamäleonartig der Farbe des Bahnsteigs angepasst.

Ich trat näher, wollte das Gesicht des Mannes sehen. Im Schatten der neongelben Beleuchtung wiesen seine Wangen eine pockige Textur auf. Die Ohrläppchen hatten, wie bei vielen alten Menschen, scheinbar der Gravitation nachgegeben und hingen lappig vom Knorpel des Ohrs herab. Meine Augen suchten nach einer Plastiktüte, nach einem zerschlissenen Rucksack, einer geleerten Weinflasche oder anderen Insignien der Obdachlosigkeit. Ich fand nichts. Er schien tatsächlich nur hier zu warten.

Ich stand seitlich hinter ihm, hatte ihn bisher nur im Profil von schräg hinten gesehen, und wollte mir nun das gesamte Gesicht erschließen, wollte darin erkunden, was ihn hierher führte, was für ein Mensch er war. Noch konnte ich seine Gestalt nicht einordnen in den Katalog der Charaktere, ihm keine Seite zuweisen, ihn subsummieren in Kategorien und Untergruppen. Bevor ich ihn aber frontal begutachten konnte, fasste mich Luca am Ärmel und riss mich von ihm weg.

„Warum begaffst du ihn so, he? Wir sind hier nicht im Zoo."

Wir verließen den Mann, dessen Gesicht ich nicht sehen konnte und nicht sehen durfte, und der in seiner Gesichtslosigkeit nicht einzuordnen war in den Katalog der Charaktere, den wir aufstellen müssen, der stets ein Unikat bleibt und von denen anderer Leute abweicht. Wir verließen den Bahnsteig mit seinen Tauben (um die wir einen großen Bogen machten, um ihren satten Schlaf nicht zu stören), wir stiegen die Stufen hinab, frisch gewischte Stufen, die Putzfrau sprühte Gift aus ihren Augen, als wir die saubere Treppe mit dem Schmutz des Bahnsteigs neu beimpften; wir verließen den Bahnhof und stahlen ihm dadurch Lebendigkeit, Wachheit (und unsere ihm unbekannten Gesichter, die er vielleicht gerade noch in seinen Katalog der Charaktere einfügen konnte).

In einem Lokal erzählte mir Luca die Geschichte des Mannes.

„Die Menschen - soweit sie noch leben - sind allesamt schuldig. Ich meine das nicht im juristischen Sinne. Es ließe sich ohnehin darüber streiten, was ein Verbrechen ist, der Begriff wandelt sich fortwährend, Taten, die gestern noch ungestraft blieben, gelten heute als schweres Delikt. Die Rechtsprechung ist ein schwaches Werkzeug, schwammig, wie die Menschen, die sich an ihr versuchen, sie ist aus nachgiebigem Ton geknetet und absichtlich nicht gebrannt, auf dass kommende Generationen sie wieder und wieder mit dicken Fingern aufweichen können."

Ihre Augen bekamen einen fernen, eigentümlichen Glanz. „Ich sagte, wir seien allesamt schuldig, und ich meine dies auch nicht im religiösen Sinne. Für die Heilslehren gilt im Grunde dasselbe wie für die Juristerei. Sie sind Dogmatiker, die ihren heutigen Starrsinn verherrlichen und sich in Prinzipientreue suhlen, während vergangene Grundsätze stumm abgetan werden. Unsere Schuld rührt vielmehr aus unserer bloßen Existenz her. Sie ist deren unabtrennbares Attribut. Unser Gläubiger ist aber nicht die Juristerei, nicht die Religion, sondern etwas Abstrakteres, aber umso Bedeutsameres: Wir sind der Zeit schuldig."

Ich wollte etwas einwenden oder nachfragen, wollte von der neuen Luca wissen, was sie zu dieser Meinung geführt hatte, ich wollte die Vorgeschichte wissen, ich wollte eine Chronologie erstellen in diesem Augenblick, die von der kindlichen Luca zu der heutigen Luca führte; wir verstehen die Menschen nur, wenn wir ihre Biografie kennen. Aber die neue Luca wollte nichts von der alten (jungen) Luca erzählen, sie gebot mir zu schweigen, sie ließ ihre Augen aufglänzen und fuhr fort.

„Menschen - solange sie leben - sind geschichtliche Wesen, in jedem Atemzug, mit jeder Sekunde, sie hinterlassen Spuren in der Gegenwart, Spuren, die sich zurückverfolgen lassen, die in jedem Augenblick zur Vergangenheit werden, alles geschieht, um sogleich dem Vergangenen anheimzufallen, nichts lässt sich festhalten, die Zeit ist linear, sie ist blind, sie kennt nicht ihre Macht und ihre Gerechtigkeit, sie weiß nicht um ihre Unerbittlichkeit, mit der sie sich alles, was existiert, einverleibt. Nichts kann außerhalb von ihr sein, nichts, was war, nichts, was sein wird. In unserer Hiflosigkeit schaffen wir uns künstliche Kategorien, indem wir die Zeit durch den Raum trennen, wir stecken unser Dasein parzellenartig ab, unterteilen es in Örtlichkeiten und Gebiete, wir fixieren unsere Kindheit an unser Elternhaus, an die Schule, und wenn wir das alles wiedersehen, heute, dann meinen wir, der Ort habe die Zeit beinhaltet, und mit dem Zauber des Ortes sei auch die Zeit von damals verschwunden, und nur in unserer Erinnerung sei die Vergangenheit wenigstens manchmal präsent. Eitel wie wir sind, glauben wir uns Herr über die Vergangenheit. Indem wir aus der Erinnerung heraus manches löschen, meinen wir unseren Verstand, unsere Biografie bereinigen zu können.

Doch niemand ist Besitzer seiner Biografie, wir haben sie nur entlehnt, wir sind deren leiblicher Verwalter, aber der wahre Herr ist die Zeit, sie leiht uns Leben, sie gibt uns die Chance zu sein, aber alles was ist, war einmal nicht und wird einmal nicht mehr sein. Die Zeit vergibt nie ihr ganzes Kapital, sie vertraut niemandem Unsterblichkeit an. Sie ist ein strenger Bankier, nur in knapp bemessenen Portionen leiht sie uns ihr kostbares Gut, dem einen mehr, dem anderen weniger. Und wir, selbstsüchtig und übermütig, umgeben uns mit dem Stolz, ein größeres Schicksal verdient zu haben, wir fantasieren uns Ewigkeiten, wir versuchen unsere Schuld umzumünzen, den Gläubiger zu wechseln, und manche erfinden daher die Juristerei und manche die Religion und beten dort die Unsterblichkeit an, die ihnen nicht gewährt wurde."

Sie winkte der Bedienung ab, die unsere Gläser neu füllen wollte.

„Wer die Zeit und ihre Schuld nicht anerkennt, muss außerhalb der Zeit leben, und genau dort hält sich der Mann auf, den ich dir gezeigt habe, der Mann auf Bahnsteig sieben. Du wirst ihn oft dort finden, es ist seine eigentliche Adresse. Ich weiß nicht, wo er in Wirklichkeit wohnt (in unserer Wirklichkeit wohnt), denn tatsächlich und leibhaftig gibt es ihn nur auf Bahnsteig sieben. Niemand fragt ihn nach seiner Berechtigung, sich dort aufzuhalten: Die Reisenden sehen ihn ja nur einmal und beachten ihn nicht; die Bahnbeamten und die Putzfrauen und die Lieferanten und Kioskbetreiber, sie alle respektieren ihn auf eine scheue Art, verlieren kein böses Wort über ihn, in gemeinschaftlicher Übereinkunft wird nicht über ihn geredet, und diese Achtung (oder Nicht-Beachtung) rührt vermutlich daher, dass der Mann vor ihnen da war, vor dem Zugabfertiger, den wir heute in seinem Glashäuschen haben schlafen sehen, vor der Putzfrau und vor den Imbissbetreibern. Er hat ältere Rechte, die Rechte der Zeit, des Schon-immer-gewesen-seins, denn der Mann kommt seit vierzehn Jahren hierher, ich habe nachgeforscht, ich habe in den Archiven gewühlt, ich habe Menschen befragt, die länger als vierzehn Jahre zurückdenken können, und das sind nicht viele, in der Großstadt scheinen die Menschen und ihre Gedächtnisse kurzlebiger zu sein. Eine Großstadt ist ein fragiles Gebilde, niemand bleibt für länger, es ist ein Kommen und Gehen, vierzehn Jahre sind zu lang, die Menschen von damals sind fast alle vom Stoffwechsel der Stadt verdaut worden, du siehst, auch eine Stadt muss ihren Tribut an die Zeit zahlen, sie ähnelt den Menschen in ihrer Unbeständigkeit, und nur weil sie jährlich, täglich, stündlich, neu geformt wird aus neuen Menschenleibern, glauben wir sie fest und unverrückbar und sprechen von der Stadt als einer Konstante."

Draußen dämmerte es. Im Grauschleier aus Dunst und Morgensonne belebte sich die Stadt, belebten sich die Autos. Es entstand ein Brausen und Hupen und Quietschen, das minütlich anschwoll; die Straßen erinnerten sich an ihre Funktion als Lebensader der Stadt und sandten die Menschen in ihren Autos, in den Bussen zur Arbeit oder von der Arbeit nach Hause.

„Vierzehn Jahre ist es her", sagte Luca und schaute mich dabei an, als überlege sie, ob wir beide vor vierzehn Jahren uns noch gekannt hatten, „vierzehn lange Jahre ist es her, seit der Mann seine Tochter zum Bahnhof brachte. Die Schulferien hatten begonnen. Das Kind, das schon kein Kind mehr war, sollte die Ferien bei einer Tante verbringen. Der Mann war insgeheim froh, dass er das Mädchen bei seiner Schwester unterbringen konnte. Es ist nicht einfach als Alleinerziehender, Kinder sind doppelt angestrengend, wenn man die Last der Elternschaft nicht teilen kann, und der Mann konnte sie nicht teilen, denn seine Frau hatte ihn verlassen, schon vor Jahren, das Kind war bei ihm geblieben, sie hatte es wohl dort, wo sie hinging, nicht gebrauchen können, und da sie beschloss, Mann und Kind nie mehr wiederzusehen, meinte sie, die Zeit und ihr spärliches Lebenskapital ein wenig auszutricksen, aber man kann nicht so tun, als hätte es die Zeit zuvor nicht gegeben, so wenig wie man die Zeit, die kommt, abweisen kann; man muss die Zukunft annehmen, ob man will oder nicht, ob man zufrieden ist oder nicht, ob man sie gestalten kann oder nicht, und manche nennen es Schicksal und finden ihre Ruhe in diesem Glauben. Ich würde gerne Partei für den Mann ergreifen, denn der Zurückgelassene ist meistens im Recht, vor allem, wenn ihm ein Kind zur Last fällt, du weißt, ich spreche aus Erfahrung, auch ich war einst Last und bin es in der Erinnerung einer anderen Person, die sich Mutter nennt, noch - wenn es diese Person, die sich erinnern kann, noch gibt, ich weiß es nicht, aber ich schweife ab."

Es traten Gäste in das Lokal, die ein Frühstück verlangten, Pendler, die einen Bus später nehmen wollten, Arbeiter von einer nahen Baustelle, Nachtschwärmer, die das Brennen des Alkohols in ihrem Leib durch Brot und Butter dämpfen wollten. Hunger steckt an, vor allem, wenn aus der Küche ein Duft nach Spiegeleiern dringt, wenn Kaffeedampf in der Luft liegt und man die ersten zufrieden schmatzenden Gesichter sieht, und so bestellten auch wir etwas.

„Vielleicht war einer der letzten Gedanken, die der Mann damals hatte, ein Gedanke der Erleichterung. Endlich würde sich sein Leben vereinfachen, wenn auch nur auf Zeit. Endlich war die Tochter für zwei Wochen aus dem Haus. Keine Diskussionen über die Stunden, wann sie von einer Party heimkommen musste, keine Diskussionen, auf wessen Motorrad sie mitfahren darf, keine Regeln, die er für sie aufstellen musste, Regeln, die seiner Tochter nicht einleuchteten, zu Recht nicht einleuchteten, aber der Mann muss als Statthalter handeln, er muss Vorschriften erlassen, die das Mädchen, wenn sie kein Mädchen mehr ist, sondern eine Frau, billigen wird. Unsere Gesetze sind Gebilde aus Zeit, und es werden dieselben Gesetze sein, die die Frau (die einst ein Mädchen war) ihren Kindern vorschreibt, aus dem Bewusstsein heraus, die Person schützen zu müssen, die einst aus dem Kind erwächst und die später Rechtfertigung verlangt von den Eltern, und so ist jede Vorschrift ein Versöhnungsangebot an den zukünftigen Erwachsenen, ein heimliches Augenzwinkern gegenüber dem, der später selbst Kinder hat. Bestimmt war der Mann froh, endlich sein Regelwerk lockern zu können, man braucht Abstand, um Liebe und Strenge in Balance zu halten, und er muss sie geliebt haben, er liebt sie noch, selbst nach vierzehn Jahren, denn deshalb steht er dort am Bahnsteig sieben."

Das Frühstück kam. Wir schlangen es wortlos hinunter. Um der Müdigkeit (und dem vorzeitigen Ende der Erzählung Lucas) entgegenzuwirken, bestellte ich schwarzen Kaffee.

„Es war ein sonniger Julimorgen. Der Weg ist weit bis zur Tante. Der Mann hat einen Frühzug herausgesucht. Trotzdem wimmelt es auf dem Bahnsteig (Bahnsteig sieben) von Menschen. Das Reisefieber wütet. Man braucht neue Eindrücke. Man muss alte Bekannte wiedersehen. Man muss aus der Stadt herauskommen. Der Zug fährt ein, die Türen öffnen sich, rasch füllen sich die Abteile. Der Mann geht auf dem Bahnsteig neben der Tochter her, die schon in einen Waggon gesprungen ist und nach einem freien Platz suchend durch die Gänge läuft. Da sieht der Mann ein leeres Abteil, winkt durch die Scheibe aufgeregt der Tochter zu. Sie wird auf ihn aufmerksam, sie deutet sein Zeichen, lächelt ihm dankbar zu (väterliche Fürsorge kann sich auch nur durch Gesten deutlich machen) und sie zieht ihren Koffer hinter sich her in das Abteil. Der Pfiff des Schaffners ertönt, der Triebwagen brummt unruhig auf. Schon schließen sich die Türen, und das Mädchen müht sich, den Koffer in die Ablage zu wuchten, er ist schwer, der Koffer, sie hat viel eingepackt, die Ferien sind lang, es gibt viel zu entdecken bei der Tante, dort sind die Vorschriften weniger streng, der Koffer will nicht in die Ablage, der Zug ruckt an, die Tochter lächelt angestrengt, während der Vater neben dem träge anfahrenden Zug herläuft, und plötzlich ist eine Hand da, eine behaarte, männliche Hand, die dem Koffer einen Stoß versetzt, so dass dieser endlich auf die Ablage rutscht. Das Mädchen dreht sich um und bedankt sich bei dem Unbekannten. Dessen Blick liegt kurz auf dem Mädchen und wendet sich dann durch das Fenster dem Vater zu, der immer noch winkt, wenn auch schwächer und unschlüssiger, und in dem Moment scheint der Unbekannte mit der behaarten Hand die Tochter und den Vater in seinen Katalog der Charaktere aufgenommen zu haben, vor allem die Tochter, sie scheint eine bisher leere Seite in diesem Katalog auszufüllen (oder eine lustvoll besetzte Seite auf neue Art zu besetzen). Und während der Zug schneller vorwärtsdrängt und der Vater kaum mehr Schritt halten kann und das Mädchen eifrig winkt und lächelt und die Vorfreude auf die Tante schon in ihrem Gesicht aufglimmt (wie schön ist es, wenn man nahtlos von einer Freude zur nächsten reist), da beugt sich auch der Unbekannte vor, so dass er fast die Schulter des Mädchen berührt (und sie von schräg hinten im Halbprofil sieht, während sie seine Nähe nicht ahnt), und da hebt auch der Unbekannte die Hand (eine behaarte Hand), die nun die unbehaarte Handfläche nach außen wendet. Und als diese Hand zu winken beginnt und das Winken der Tochter und des Vaters nachäfft, da beginnt auch das Gesicht des Fremden das Gesicht der Tochter und das des Vaters zu imitieren. Es lächelt, aber es ist ein unvollkommenes Lächeln, es fehlt darin die Herzlichkeit und auch der Humor und die Verbundenheit und deshalb ähnelt es auch nicht dem Lächeln der Tochter oder dem des Vaters (obwohl das Gesicht des Vaters sich versteinert und die Mundwinkel sich senken und die Augen sich weiten). Das Gesicht des Vaters ist erstarrt und seine Beine sind es auch, denn er bleibt stehen und der Zug eilt davon, und das Letzte, was er erkennt, ist das hämische, besitzergreifende Lächeln des Unbekannten, das Lächeln und das Winken mit der behaarten Hand, hinter dem Rücken der Tochter."

Die Straßen füllten sich mit Autos. Auf den Gehwegen überholten sich die Passanten in ihrer Eile. Fahrradfahrer schlängelten sich zwischen ihnen hindurch, auf der Suche nach einer Lücke und dem Zeitvorteil einer Sekunde. Luca schob Teller und Besteck beiseite. Mit einem letzten Schluck leerte sie die Tasse Kaffee. Sie fuhr sich mit dem Handrücken (dem unbehaarten Handrücken) über die Lippen, sie zeigte mir ihr blendendes, verblendetes Lächeln.

„Die Tante wartete vergebens. Sie telefonierte mit ihrem Bruder. Es wurde gehofft, dass die Tochter den Anschlusszug verpasst hatte. Als der zweite Anschlusszug kam und der dritte, und die Tochter nicht darin war, da wurde zur Gewissheit, was bis dahin nur Befürchtung war. Die Tochter war verschwunden, sie tauchte nicht mehr auf, nicht mehr unter denen, die sie bisher kannten. Sie ist verschollen, wie man so beiläufig sagt. Vierzehn Jahre hat sie sich scheinbar vor der Zeit verborgen, ich sage: scheinbar, denn man kann sich ihr nicht entziehen, man ist ihr immer zur Schuld verpflichtet, zumindest als lebendes Wesen, und es besteht immer Hoffnung, dass die Tochter lebt, irgendwo, wo man ihre Jugend ausgelöscht hat und vielleicht auch ihre Erinnerungen, wo man sie zu einer neuen Existenz gezwungen hat, ein Leben außerhalb der alten Zeit, ein Leben, das nicht mehr die alten Regeln besitzt, die die Tochter so oft verflucht hat. Möglicherweise ist sie in neuen Vorschriften gefangen, die noch strenger sind und deren Übertretung von härterer Hand (einer behaarten Hand) geahndet werden als früher, und vielleicht straft man sie für das, wofür man sie früher gelobt hatte."

Luca winkte der Bedienung. „Aber aller Wahrscheinlichkeit nach ist sie längst tot."

Wir zahlten und verließen das Lokal.

3

Man ahnt nicht, wie groß die Unruhe werden kann, wenn man einen Blick auf fremde Schicksale geworfen hat. Lucas Erzählung von dem Mann machte mich nervös. Man hatte mir einen Köder zugeworfen, nach dem ich blind geschnappt hatte und den ich nun in meinem Maul fortwährend befühlte und bespeichelte, von dem ich mich aber nicht befreien konnte. Ich blieb in einem unbefriedigten Zustand zurück, ich wusste nicht alles, ich sah nicht alles, mir war verwehrt worden, das Gesicht des Mannes zu sehen. Nur von schräg hinten durfte ich sein schlaffes Ohrläppchen und die narbige Oberfläche seiner Haut erkunden. Ich argwöhnte, dass Luca mir absichtlich nicht alles erzählt und gezeigt hatte.

Manchmal spürte ich das Verlangen, zum Bahnhof zu gehen. Dieser Drang überkam mich zu verschiedenen Tageszeiten, morgens, gleich nach dem Aufwachen, oder tagsüber, wenn ich mich von meiner Arbeit wegsehnte. Ich gab diesem Verlangen aber nicht nach, teils aus Scham, weil ich mir kindliche Neugierde (oder krankhafte Neugierde) hätte eingestehen müssen; teils auch wegen der Furcht, dass ich dort, am Bahnsteig sieben, nicht nur den Mann treffen würde, sondern auch Luca, die sich womöglich hinter dem Glashäuschen versteckte oder die Tauben mit Brotkrumen fütterte, damit sie wach blieben und aufpassten, die Lider geöffnet und mit den Flügeln schlagend, sobald ein Fremder (zum Beispiel ich) käme.

Ich verbrachte drei Tage der Anspannung, Tage, in denen mich eine sich steigernde Nervosität quälte, in denen ich mich wie eine Bombe fühlte, deren Zündschnur angesteckt war, die aber nicht weiß, wie lang diese Schnur ist und wie lange diese Schnur funkeln und glimmen muss, bevor das Feuer sie erreicht und sie endlich zündet.

Jetzt weiß ich, dass die Schnur drei Tage lang war, und jetzt bin ich auch mit dem Warten versöhnt. Wie ruhig man doch wird, wenn die Anspannung nur in der Erinnerung existiert, als wäre sie ein Traum gewesen; wie leicht man doch darüber lächeln kann und wie viel weniger schlimm zukünftiges Warten und zukünftig brennende Zündschnüre erscheinen.

Luca meldete sich nach diesen drei Tagen. Ich hatte einen Anruf erwartet oder ein weiteres Treffen. Stattdessen kam ein Brief:

„Es gibt nichts, worum ich dich bitten möchte", las ich. „Es gibt nichts, was ich von dir zu fordern habe. Heute Abend wird dich ein Taxi um acht Uhr abholen. Es fährt dich aus der Stadt hinaus, eine knappe Stunde lang, zum Bahnhof einer anderen Stadt. Dort, um neun Uhr einundzwanzig steigst du in den Zug auf Gleis drei. Ich habe im hintersten Waggon ein Abteil reserviert. Ich werde verändert aussehen, aber du wirst mich erkennen (und nur du sollst mich erkennen). Es ist ebenfalls notwendig, dass du dein Äußeres änderst. Ich lege ein Bild bei. Es sollte für dich leicht sein, dich diesem Aussehen anzupassen.

Bis heute Abend

Luca

PS: Wenn du diesen Brief erhältst, bin ich bereits aufgebrochen und telefonisch nicht mehr zu erreichen."

Ich faltete den zweiten Zettel auseinander. Es war die Kopie eines Phantombildes. Ein Gesicht aus groben schwarzen Linien blickte mir entgegen. Die Brauen waren dicht, die Lippen verzogen sich zu einem sardonischen Lächeln. Unter dem Portrait war in einer krakeligen Schrift geschrieben: „Die Finger fleischig und der Handrücken stark behaart."

Ich legte das Bild sanft beiseite, als könne ich das Gesicht durch eine unvorsichtige Bewegung verletzen. Ich musterte die schwarze, fast wollige Behaarung meines Arms, die sich bis zum Handgelenk fortsetzte, dort leicht ausdünnte, um dann die bläulichen Adern meines Handrückens unter wuchernden Borsten zu verdecken. Ich ging ins Badezimmer und betrachtete mich im Spiegel. Meine Augen lagen unter buschigen Brauen verschattet. Ich kämmte mein Haar um, nahm die Brille ab, kräuselte die Lippen. Da durchrann mich ein wonniges Erschrecken, denn plötzlich lächelte mir der Unbekannte entgegen. Ich fühlte mich wohl in meinem verbrecherischen Aussehen. Wie von selbst keimten auf einmal Heimtücke und Schäbigkeit in meinen Gedanken. Ich hörte mich murmeln: „Recht so, recht so!" Dann summten meine Lippen eine anstößige Melodie, die mir plötzlich wieder in den Sinn gekommen war. Ich blickte ungeduldig auf die Uhr.

4

Alle Bahnhöfe ähneln sich am Abend in ihrer Verlassenheit. Sie verbergen nicht den Schmutz und Mattigkeit eines langen Tages, auch dieser Bahnhof nicht, auf dem ich mich kurz nach neun Uhr befand und wartete.

Als der Zug unter metallischem, nach Öl lechzendem Gekreische zum Stillstand kam, war ich der Einzige, der einstieg. Ich fühlte mich einsam in meiner anachronistischen Handlungsweise. Während Pendler und Reisende den Waggons entströmten, musste ich den Zug betreten und in der verbliebenen Muffigkeit nach Luca suchen.

Eine indiskret geöffnete Abteiltür und das Winken eines blassen Arms wiesen mir den Weg. Ich strich mein Haar nochmals zurecht, überprüfte den verbrecherischen Sitz der Strähnen, ich befühlte meine Augenbrauen und übte das Lächeln ein, das Lächeln des Phantoms. Ich liebkoste mit meinen Blicken meine fleischigen Finger und die wollige Rückseite meiner Hand. Ich fühlte mich wie jene Insekten, die sich in ihrem Aussehen jenen Arten angepasst hatten, die besonders giftig oder aggressiv waren, und deshalb von Fressfeinden gemieden werden. Am eigenen Leib erfuhr und genoss ich diese Mimikry.

Nach dem Eintreten in das Abteil schloss ich sorgfältig die Tür. Ich wollte Lucas Bewunderung ungeteilt besitzen. Doch als ich mich ihr zuwandte, war die Überraschung auf meiner Seite.

„Na, was starrst du mich so an?", schmunzelte sie. „Erkennst du mich nicht mehr? Ich bin´s doch, deine alte Luca."

Unwohlsein befiel mich. Mir schien, als blicke ich mit Augen aus der Vergangenheit, als wären die Geister des Gestern aufgebrochen, meine Gegenwart heimzusuchen. Luca sah aus, wie ich sie in meiner knabenhaften Erinnerung hatte.

Ihre Haare, gestern noch lang und dauergewellt, waren zu einem Pagenkopf zusammengeschmolzen. Auf ihrer Stupsnase thronte ein Brillengestell, wie es in unserer Schulzeit üblich gewesen war. Die Augen blickten frech und hämisch dahinter hervor. Der Anflug von Falten um die Lippen war weggezaubert. Eigentümlich erregt sah ich, dass ihre Figur die asketische Schlankheit verloren hatte und zu präpubertärer Fülle verdichtet war. Sie genoss meine Verunsicherung, sie genoss, betrachtet zu werden, genoss, befühlt zu werden, denn ich musste sie anfassen, um mich zu überzeugen, ich griff nach dem Stoff ihres schülerinnenhaften Rocks, fühlte das grobe Leinen, ich fasste nach dem Karomuster der Bluse, nach einer Bluse von neckischer Durchsichtigkeit.

Sie begann zu lachen, und da war mein Entsetzen vollkommen, denn es waren längst vergangen geglaubte Laute, ein beinahe unmenschliches spastisches Zucken der Stimmbänder. Ich meinte zu wissen, dass nichts ganz vorüber ist, dass alles wiederkehren kann, solange es Menschen gibt (Sender und Empfänger), die um diese Wiederkehr wissen, Menschen wie Luca, die aus Erinnertem alte Wirklichkeiten neu erstehen lassen können, denen es sogar gelingt, mit einem Willensakt sich ihren Körper untertan zu machen. Ich sagte, ich spürte dies während ihres Lachens, denn mehr als all die körperlichen Wunder stammte das Lachen aus der Vergangenheit. Zwanzig Jahre und unzählige Schichten anderer Erinnerungen hatten es nicht verschütten können. Es brach hervor, frisch und unverschämt, und bahnte sich seinen Weg aus einem mädchenhaft zarten Hals, es revoltierte hervor aus einem Mund, dessen Zahnreihen ihre Überkronung verloren hatten und die mir krumm und lückenhaft entgegenbleckten.

„Setz dich", befal sie mir und wehrte meinen zudringlichen Arm ab. „Es dauert noch eine Weile, bis wir ankommen." Sie musterte mich. „Ich muss dir ein Kompliment machen. Deine Ähnlichkeit mit dem Phantombild ist verblüffend. Ich würde dich für den Täter halten, wenn ich nicht sicher wüsste, dass dir vor vierzehn Jahren ein solches Verbrechen nicht zuzutrauen war."

„Und heute? Traust du es mir heute zu?"

Sie ließ ihr provozierendes Lachen erschallen, ungebändigt, sie reizte mich, wer mag es schon, ausgelacht zu werden, wer will als Feigling dastehen, wem gefällt es, dass man ihm kein Verbrechen zutraut.

Dann wurde sie plötzlich ernst.

„Es muss perfekt sein. Wir dürfen uns nichts anmerken lassen. Es muss alles selbstverständlich wirken."

Ich nestelte an meinem durcheinander geratenen Haar. „Was willst du damit erreichen? Was ist dein Ziel?"

Die Tür ging auf. Ein mondgesichtiger Schaffner blickte kurz in unser Abteil, zog sich wieder zurück, ohne sich die Fahrkarten zeigen zu lassen.

Luca zuckte die Schultern. „Ich kenne keine Ziele. Ich mache dies nicht um zu bekehren oder zu bestrafen."

„Mir scheint, du willst den Mann nur quälen."

„Hier geht es nicht um plumpe Boshaftigkeit!", fuhr sie auf. „Ich gewinne nichts bei meinem Vorhaben. Ich ziehe keinen Nutzen, keine persönliche Befriedigung daraus. Vielleicht bin ich nur ein Katalysator, der die Dinge beschleunigen muss. Ich will ja nicht gestalten, wer kann das schon, wer hat schon einen freien Willen? Vielleicht ist das Fehlen eines eigenen Willens hier von Vorteil. Man darf kein eigenes Leben haben, um in ein anderes zu schlüpfen. Außerdem, du weißt, dass man mir niemals meinen Charakter vorgehalten hat, sondern alles den Umständen zuschrieb. Vielleicht bin ich die fleischgewordene Folie dieser Umstände."

Sie berührte mich mit einer warmen Hand.

„Irgendwann muss es geschehen", sagte sie, „und es ist besser, wir tun es, als jemand anderes. Vielleicht endet es in einem Unglück, oder vielleicht nehmen wir einen Wahn von diesem Mann."

„Um ihn womöglich in einen neuen stürzen", warf ich ein.

„Er hat vierzehn Jahre in demselben Wahn gelebt", antwortete sie und zerdrückte einen Käfer, der auf ihrer Bluse gelandet war. „Seine Zeit ist überreif. Er hat sich lange genug vor der Zeit versteckt, hat sich der Verantwortung des Daseins entzogen. Für ihn ist die Zeit stehengeblieben. An uns ist es, den Zeiger wieder anzuschubsen. Und überhaupt: Wie kannst du wissen, ob sein jetziger Zustand nicht der schlimmstmögliche ist? Seit vierzehn Jahren ein schlechtes Gewissen, seit vierzehn Jahren Hilflosigkeit, seit vierzehn Jahren vergebliches Warten. Er hielt den Moment der Verfehlung fest, er beließ sich selbst, wie er damals war, ein freiwilliger Dornröschenschlaf, er konservierte sich, in seinem Äußeren, in seinen Gedanken. Der Mann ist außerhalb der Zeit, und da kann es nur Hoffnungslosigkeit geben."

Der Zug raste dahin, der Dämmerung entgegen, er durchschnitt die Abendröte, zerwirbelte sie und hinterließ nur Grau und hohes Summen. Die Lichter naher Dörfer blinkten uns schläfrig zu. Nebengleise verloren sich in Gestrüpp.

„Aber wird er uns überhaupt wiedererkennen?", fragte ich.

Luca stand auf und schaute zum Fenster hinaus. „Es ist bald soweit. Ich kann sein Warten beinahe spüren. Merkst du nicht auch, wie er nach uns ruft? Er wird uns wiedererkennen, ohne Zweifel. Vierzehn Jahre lang hat er sich auf den Augenblick vorbereitet, dass seine Tochter von den Bezirken außerhalb der Zeit zu ihm zurückkehrt."

5

Ich weiß nicht, ob sich der Zugabfertiger in seinem Glashäuschen bereits schlaftrunken auf seinen Arm aufstützte. Ich weiß nicht, ob die Tauben wach genug waren, die Brotkrumen, die um den Mülleimer verstreut waren, zu bewachen. Der Abend war noch nicht weit genug fortgeschritten, als dass die Schläfrigkeit überall gesiegt haben konnte. Als der Zug kreischend auf Bahnsteig sieben einfuhr, lehnte sich Luca gegen das Fenster und hielt nach dem Mann Ausschau. Wir hatten das Licht im Abteil eingeschaltet, damit man erkennen konnte, dass ich hinter ihr stand, groß und dunkel wie ein deformierter Schatten.

Schon hörten wir die Durchsage über den Bahnsteig hallen (der Zugabfertiger war wach geblieben), schon stoben die Tauben vor dem fauchenden Zug auseinander und ließen ihre Krumen unbewacht zurück, schon rüttelten ungeduldige Reisende an den Türen, da erblickten wir den Mann.

Ich empfand eine seltsame Genugtuung, als ich ihn zum ersten Mal von Angesicht zu Angesicht sehen konnte, und ich meinte in seinen Augen eine ähnliche Gefühlsregung zu erkennen. Er war wie bei unserer letzten Begegnung gekleidet: die nachlässige Jacke, die zerschlissene Hose. Nun aber hatte die Vogelscheuchengestalt, die ich bislang nur von hinten gesehen hatte, ein Gesicht bekommen. Augen hatten sich in der pockigen Textur der Wangen gebildet, kleine graue Augen, die rot entzündet waren und mich deshalb eher an Taubenaugen erinnerten. Ein Mund hatte sich aus dem fahlen Gesicht gestülpt, Fleisch gerann zu Lippen, zwei dünne, farblose Striche, verkniffen, angespannt. Noch bevor er uns sah, begannen wir zu winken, langsam, mit der Gemächlichkeit von Windmühlenflügeln, nebelhaft, als müssten wir uns erst dieser Bewegung vergewissern, nachdem wir so lange außerhalb der Zeit gelebt hatten, im Land der Phantome. Und wir lächelten, ein sanftes, gewinnendes Lächeln, lautlos, noch waren unsere Lippen zur Stummheit verdammt, noch waren wir nur Schemen, erst das Erkennen in den Augen des Mannes konnte uns Leben einhauchen, noch war es nicht so weit, seine grauen entzündeten Augen, brillenlos, waren in vierzehn Jahren müde geworden, sie hatten nichts als Vergeblichkeit gesehen. Schon glaubten wir, wir würden unerkannt an ihm vorüberrollen. Erst als der Wagen fast zum Stillstand gekommen war und uns nur wenige Meter (aber vierzehn Jahre) trennten, funkte es in seinen Augen auf. Die Lippenstriche öffneten sich, ein wortloses, angestautes Ächzen kam über sie. Die Gestalt straffte sich, plötzlich bildeten sich Schultern im Jackett, trat der Brustkorb hervor, reckte sich das Kinn in die Höhe. Wie ein Baum, der seine Wurzeln aus der Erde lösen will, mühte sich der Mann, seinen Platz (den Platz außerhalb der Zeit) zu verlassen. In die Knie kam ein Zittern, aber noch blieb er an seiner Stelle verhaftet. Die Fußspitzen wippten auf und ab, den Oberkörper zog es bereits nach vorn, da, endlich, den Drang des Torsos abfangend, tat das Bein einen Schritt, und dann, zögernd, staksend, folgte das andere. Mit ausgestreckter Hand taumelte er uns entgegen, noch immer zu keinen Worten fähig, während wir lächelnd winkten, jetzt schon mit mehr Kraft und Willen, die Reaktion des Mannes gab uns Vertrauen, zog uns hinüber in die Wirklichkeit (in seine Wirklichkeit, aus der wir ihn, sobald wir uns hineingeschmuggelt hatten, herauszerren wollten).

Luca war die Erste, die das Schweigen brach. Sie öffnete das Fenster, und mit fröhlicher Selbstverständlichkeit rief sie: „Da bin ich wieder! Da bin ich wieder!"

Die Türen gingen auf. Wir wandten uns vom Fenster ab. Luca deutete auf die Ablage. Dort lag ein Koffer. Mit langen Armen zog ich ihn an mich.

Luca sprang aus dem Zug. Der Mann haschte nach ihr, aber sie tänzelte kichernd um ihn herum. Das Erinnern glomm in seinen Augen.

„Wieder daheim! Wieder daheim!", schrie sie mit hoher Stimme.

Über den Mann kam nun eine zittrige Aufregung. Plötzlich zog es ihn weg von diesem Bahnsteig. Als gelte es, Zeit gutzumachen, hinkte er auf die Treppe zu. Er blickte sich ständig um, ob Luca ihm folgte. Während er mit ungelenken Schritten die Stufen hinabstieg, flatterte sie um ihn herum, sprang die Treppe auf und ab, feuerte die Ungeduld des Mannes weiter an.

Wir stiegen in ein rostiges Auto. Es bewegte sich wie ein Fremdkörper durch den abendlich abgeflauten Verkehr. Oft schienen wir von anderen Autos übersehen zu werden. Man nahm uns die Vorfahrt. Andere Wagen bremsten ab, erschrocken über unser plötzliches Auftauchen. Wir hatten uns auf den Rücksitz begeben. Der Mann suchte vergeblich im Innenspiegel den Blickkontakt mit Luca.

Während sie papageiengleich plapperte: „Jetzt fahren wir nach Hause! Jetzt fahren wir nach Hause!", verspürte ich eine zunehmende Taubheit gegenüber den kommenden Ereignissen. Ich fragte nicht, was wir dort, „zu Hause", machen würden, der Begriff hatte ja keinen Sinn, keiner von uns dreien gehörte in dieses „zu Hause", wir hätten ebensogut für immer weiterfahren können.

Irgendwann gelangten wir in eine schlecht erleuchtete Nebenstraße. Das Auto hielt, und wir stiegen aus. Luca klatschte in die

Hände. Der Mann schloss die Tür auf und schleppte sich keuchend drei Etagen hoch.

Er führte uns in das Kinderzimmer. Luca setzte sich auf das Bett und ließ die Beine baumeln. Ich lehnte an einem Schrank, während der Mann auf einem morschen Stuhl Platz nahm. Eine funzelige Lampe brannte auf dem Kinderschreibtisch. Eine gehäkelte Decke hing verstaubt an einem Nagel an der Tür.

Der Mann schien sich damit zu begnügen, Luca zu betrachten. Seine Lippen mühten sich um Worte, fanden aber keine. Sie erstarrten in einer still-glücklichen Pose.

Da sah ich, dass von Luca die naive Miene abgefallen war. Noch hatte sie das Gesicht eines Mädchens, aber in dem säuerlichen Kräuseln ihrer Lippen gewahrte ich das Hervortreten der erwachsenen Luca. Sie schaute mich aus fiebrigen Augen an, dann strich sie sich über die Hüfte, an einer Stelle, wo ihr Rock sich leicht ausbuchtete.

„Papa", sagte sie plötzlich in den trüben Raum hinein, „wie lange war ich jetzt eigentlich bei der Tante?"

Die Lider des Mannes zuckten nervös. Die grauen Pupillen verkleinerten sich. Das rote Geflecht der Äderchen schien anzuschwellen. Als hätte er ein schlechtes Gewissen, schweifte sein Blick durch das Zimmer.

„Mir kam's sooo lange vor", fuhr Luca fort. „Weißt du, wieviel ich erlebt habe? Ich bin richtig erwachsen geworden in der Zeit. Dass du mich überhaupt erkannt hast auf dem Bahnhof. Ich weiß gar nicht mehr, ob ich vierzehn Tage, vierzehn Wochen oder vierzehn Jahre weg war."

Da fiel der Blick des Mannes auf mich. Rätselnd weiteten sich die Pupillen wieder.

„Ja schau nur, Papa. Da habe ich dir wen mitgebracht. Hat mich auf der langen Fahrt unterhalten. Schön unterhalten. War auch eine lange Fahrt. Sag Papa, wie lange hat die Fahrt gedauert?"

Ein dumpfes Atmen quoll aus der Brust des Mannes. Seine Finger zuckten, als er mich mit unverhohlenem Interesse anglotzte. Der Stuhl unter ihm begann zu knirschen.

„Wir kennen uns recht gut", fuhr Luca fort und grinste mich boshaft an. „Wir haben uns richtig liebgewonnen. Genossen hab ich die Fahrt. Schön war's, schön war's. Ich hab gar nicht mehr heimkommen wollen. Kannst du das glauben, Papa? Dass ich gar nicht mehr hab' heimkommen wollen? Was sagst du dazu?"

Aus der Kehle des Mannes kam ein grollendes Knurren. Es braucht keine Worte, um zu drohen, es macht nichts, die Sprache zu verlieren: Blicke und animalische Töne genügen, wir alle können sie deuten, auch ich verstand sie, in diesem Augenblick. Die Gelassenheit fiel von mir ab. Eben noch hatte man sich nicht um mich gekümmert. Ich war Statist gewesen, nun war ich Mittelpunkt. Luca redete und plapperte weiter. Ich versuchte ihr mit Zeichen zu vermitteln (auch ich hatte die Sprache verloren), dass sie aufhören solle, aber sie redete sich heiß, nicht nur sich, auch den Mann, der Mann, der jetzt ihr Vater war, Vater eines Phantoms, er entflammte, erwachte aus dem Kälteschlaf des vergeblichen Wartens.

Mörderische Motive erlahmen nicht. Sie steigern sich mit ihrer Undurchführbarkeit. Wie unendlich fern war ich dem Mann noch vor einer Stunde, wie leicht konnte er sich in Gedanken an mir erhitzen, aber eben nur in Gedanken und dort herrscht Straffreiheit und gutes Gewissen, jetzt aber, da wir beide dieselbe Wirklichkeit teilten, da dürstete ihn nach Vergeltung.

„Das ist er!", schrie Luca und wies mit dickem Finger auf mich. „Schau ihn dir an! So sieht er aus! Hast du gewusst, dass er so ausschaut? Hast du ihn gesehen, damals? Und dann hast du mich mit ihm gehen lassen? Sag doch Vater, warum hast du mich mit ihm gehen lassen?"

Er erhob sich, durch die Worte Lucas gesteuert, und schritt auf mich zu. Das Zimmer war klein, ein Kinderzimmer, jedoch ausreichend für kleine Menschen mit kleinen Gedanken und kleinen Erfahrungen. Aber jetzt, mit dem Ballast so vieler Jahre, nicht nur Jahre des Mannes, war das Zimmer winzigst. Wie geschunden waren wir doch alle durch die Zeit (die ewig Unvollendete), wie eng war das Zimmer, zu eng für mich und den Mann, ich konnte nicht ausweichen, ich musste ihn erwarten, mit seinen bedächtigen Schritten, die Heißblütigkeit tobte in seinem Kopf und seinen Händen (Hände, stark behaart, und mit fleischigen Fingern, Mörderhände, wie wir sie alle haben).

Da verstummte Luca. Das Pendeln ihrer Beine hörte auf. Mit gierigem Blick verfolgte sie, wie der Abstand schrumpfte zwischen mir und dem Mann. Noch vier Schritte (Zwergenschritte), drei, Luca lachte auf, ein hybrides Lachen, ein Jungmädchenlachen, in das der Zynismus der Erwachsenen gemischt war, noch ein Schritt, ich fragte mich, ob der Schwung reichen würde, konnte der Mann auch ohne Lucas Worte gehen und handeln und morden? Mit masochistischer Opferlust erwartete ich seine endgültige Nähe, ja ich wollte ihm schon die Arme entgegenstrecken, was machen wir nicht alles, wenn die Furcht zu groß wird, wenn wir Erlösung wollen, den Abschluss eines bösen Omens herbeisehnen, wie leicht erlahmt die Gegenwehr, aber: wie leicht irrt man sich selbst, wie leicht schlägt Masochismus in Sadismus um, wie leicht wird aus einem Lachen ein Verhöhnen, wie leicht aus einer Umarmung ein Erwürgen, wie leicht werden aus Opfern Täter.

6

Ich war an diesem Abend in diesem fremden Kinderzimmer weder Täter noch Opfer. Meine Hände wurden nicht von Blut besudelt, weder von eigenem noch von fremdem. Und dennoch bin ich schuldig.

An diesem Abend in diesem fremden Kinderzimmer gab es dennoch Täter und Opfer.

Es geschah, als der Mann mich erreicht hatte und mich aus seinen entzündeten Taubenaugen anblickte. Ich sah die pockige Narbenlandschaft seines Gesichts, ich atmete die Vergeblichkeit, die aus ihm entströmte wie Wasser aus einem lecken Gefäß. Er erhob die Hände, bedächtig, wie wenn man eine Fliege mit der bloßen Hand totklatschen will, eine Fliege, die nicht weiß, wer kommt, sie zu töten. Die Sehnen und Muskeln unter der wolligen Behaarung seines Handrückens zuckten. Die krampfadrigen Blutgefäße erhoben sich wie blaue Bergrücken aus dem Wust an Haaren. Ich hörte sein erregtes, asthmatisches Schnaufen, ein keuchendes Atmen, das aus dem Spalt seiner Lippen drang, hinter denen Zähne in schiefen Reihen standen.

Als sich seine Hände endlich meinem Hals genähert hatten und ich wollüstig den Moment der Gegenwehr weiter und weiter hinauszögerte (um ihn vielleicht in der größten Erregung zu vergessen), stürzte sich Luca mit einem tierischen Kreischen auf den Mann.

Sie sprang ihn von hinten an, klammerte sich mit einer Hand an ihm fest, während die andere Hand an dem Bund ihres Rocks nestelte und ein Messer zutage förderte. Ein Erschauern vor den Paradoxien des Lebens überkam mich, als ich sehen musste, wie die Hand (die unbehaarte Hand!) das Messer in weitem Bogen schwang und in die Grube über dem Brustbein des Mannes stieß, dicht an meinem Gesicht vorbei, so dass mich Hand und Klinge streifte (ohne dass jedoch mein Blut floss).

Der Mann sackte zusammen. Ein tierisches Stöhnen entrang sich seiner durchstochenen Kehle, ein Laut wie man ihn von Schlachthöfen kennt. Mit geschlossenen Augen und erwartungsvoll erhobenen Brauen rollte er auf den Boden, besudelte den Teppich mit Blut und röchelte sein Leben aus.

Luca stand breitbeinig über ihm. Worte kamen über ihre Lippen, geflüstert und unhörbar für mich. Es gibt keine Sprache, um mit den Toten zu reden. Dann steckte sie das blutige Messer wieder unter den Bund ihres Rockes, und wir verließen unbemerkt das Haus.

Dies war nicht unsere letzte Begegnung mit Menschen außerhalb der Zeit.

Es scheint, wir haben eine Aufgabe gefunden. Die Welt wimmelt vor Männern und Frauen, Kindern und Greisen, Verliebten und Verlorenen, die alle etwas suchen, sehnsüchtig, zwanghaft, eine Suche, die sich nicht deckt mit den unerbittlichen Anforderungen, die unser großer Gläubiger, die Zeit, an uns stellt. Die Welt ist voller Verschollener, Verschollener der unvollkommenen Erinnerungen, der Gedanken, die nicht aufgegeben werden, Gedanken, deren Schuldschein längst fällig war, Erinnerungen, die den linearen Fluss der Zeit hemmen.

Luca und ich sind die Katalysatoren von Notwendigkeiten. Als demütige Diener der Zeit fördern wir das Unvermeidliche. Wir lassen Phantome wiederauferstehen, füllen die dunkel erinnerten Linien wieder mit Fleisch. Wir schenken ihnen eine letzte Stunde auf Erden, wir geben ihnen das Schwert in die Hand, auf dass sie jene richten, die nicht vergessen konnten, jene, die Unsterblichkeit im Geliebten suchen, jene, die den Lauf der Zeiger aufhalten wollen.

Manchmal, am Ende eines Abends oder einer Nacht, in fremden Zimmern, auf unbekannten Bahnhöfen, wenn die Erregung etwas abgeklungen ist, wenn das Phantom unseren Körper wieder verlassen hat, dann überkommen mich leichte Zweifel. Sie flüstern mir ein, dass Luca und ich ebenfalls außerhalb der Zeit leben, dass wir in der Existenz der Phantome aufgehen, dass auch wir Schuld auf Schuld gegenüber der Zeit anhäufen, weil wir uns ihr entziehen, ihren Fluss umkehren. Dann will mir scheinen, dass irgendwo, auf einem anderen fremden Bahnhof (wo auf einem schmutzigen Bahnsteig Tauben satt und eifersüchtig ihre Brotkrumen bewachen) es jemanden gibt, der noch nicht weiß, dass er uns suchen und töten muss, es aber, wenn unsere Schuld zu groß geworden ist, sicherlich tun wird.

FEUILLETONS

Biotop S-Bahn

Wer den menschlichen Inhalt eines morgendlichen S-Bahnwagens als repräsentativ für die Bevölkerung ansieht, kann sich leicht täuschen. Frühaufsteher begegnen vor allem Vertretern handwerklicher Berufe. Selten allein, sitzen sie in Gruppen zu zweien oder dreien zusammen, haben die weißfleckige Malerhose oder den zerschabten Maurerlatz an. Die Unterhaltung ist wortreich, dialektlastig und stockt selten. In der Tasche ragt neben Zollstock oder Schraubenzieher nicht selten eine der hiesigen Boulevardzeitungen heraus und fügt mit ihren roten, großformatigen Lettern der eher tristen Tracht einen auffallenden Farbklecks hinzu. Die Bierdose (selten Flasche) ist ein häufiger Begleiter dieses Menschenschlags und wird nach Entleerung ordentlich unter den Sitz gestellt. Überflüssig zu erwähnen, dass man sie bereits in den ersten Nachmittagszügen auf dem Rückweg antrifft, wieder mit Bierdose, wieder mit Zollstock oder Schraubenzieher, selten jedoch mit Zeitung, die ihrer Tagesaktualität gemäß unbrauchbar geworden ist.

Frauen sieht man etwas häufiger als Männer in der S-Bahn. Sei es, dass das weibliche Geschlecht intelligenterweise eine Abneigung gegen Staus hat, sei es, dass die Frau im morgendlichen Disput um das Auto stets dem Mann unterliegt - man trifft sie in allen Altersklassen an. Ihre eigene Stoßzeit haben die Schüler, die pulkartig in die Wagen strömen, jeden freien Platz in Beschlag nehmen und in lärmende Wortgefechte ausbrechen, welche auch nach dem Aussteigen noch in den Ohren der Mitreisenden nachhallen. Selten, aber von ergreifender Rührung sind jene Schüler (singuläre Erscheinungen), die über Heften oder Schulbüchern brüten und so darin vertieft sind, dass sie fast die Haltestation verpassen. Meist fahren sie einen oder gar zwei Züge vor den Lärmbengeln.

Ein unrühmliches Bild für die Stadt und ihre soziale Verantwortung geben die Obdachlosen ab. Sie halten sich natürlich nicht an feste Fahrzeiten. Man sieht sie morgens seltener als abends. In beiden Fällen werden sie von König Alkohol begleitet, und zwar in seiner hochprozentigsten Form. Dem Klischee merkwürdig entsprechend bewahren sie ihren Trinkvorrat in einem Plastikbeutel auf. Darin klirren Wodkaflaschen, Liköre und die unvermeidliche Bierdose um die Wette und gemahnen ihren Besitzer, sich des ständigen Durstes durch einen kräftigen Schluck zu entledigen. Gelegentlich neigen sie zu Gesprächigkeit und reden mit sich selbst oder mit den Mitreisenden - wenn es denn jemand gewagt hatte, sich in ihre Nähe zu setzen. Trotz ihrer Erregtheit bleiben sie friedlich. Manche schlafen weitausgestreckt in verdreckten Hosen. Andere steigen scheinbar zielgerichtet an einer bestimmten Haltestelle aus. Man kann sich jedoch des Eindrucks nicht erwehren, dass sie sofort in den Zug in Gegenrichtung einsteigen. So wie ihr Leben zirkulär verläuft, so erwartet man auch von ihrer Fahrt, dass diese sie nicht ans Ziel bringt, sondern sie nur in sinnloser Bewegung hält.

Am meisten Verlass ist auf eine besondere Bevölkerungsschicht. Sie ist oft mit dem Fahrrad unterwegs (wie der Verfasser), sie tritt selten in Gruppen auf (wie der Verfasser). Ein Buch ist meist zur Zerstreuung parat (wie beim Verfasser), und ihr Erscheinungsbild reicht von legerer Stilkenntnis bis zum Geschniegeltsein. Sie gieren beim Einsteigen nach fahrradkompatiblen Sitzplätzen und scheuen sich kaum, ihr Fahrrad auf intime Weise an Zweiräder anderer Leute anzulehnen. Ihre Gesichter sind nachdenklich. Sie haben den Glanz der Jugend eingebüßt. Obwohl sie noch als jung gelten, liegt Ernst und hoffnungsarme Abgespanntheit in ihren Augen. An ihrer Haltestelle teilt sich die Gruppe auf: in die Gemächlichen, die ihr Fahrrad den Bahnsteig entlangschieben, und in die Eiligen, die sich sofort aufschwingen und an den Fußgängern vorbeirauschen. Auf der Strecke zum Campus trennen sie sich weiter auf, zerdehnt sich die Population der Doktoranden. Wie Perlen auf einer auseinandergezogenen Gummischnur sieht man sie, nunmehr vereinzelt, ihrem Arbeitsplatz entgegenstreben. Sie treffen meist erst nach neun Uhr, tendenziell zehn Uhr, dort ein. Genie braucht eben Schlaf.

Eine S-Bahnhaltestelle ist nicht nur im verkehrstechnischen Sinne ein Umschlagplatz. Zwar ist ihre Hauptaufgabe, Menschen in die Waggons einzusaugen und an gegebenem Ort wieder auszuspucken. Aber so wie große Tiere immer auch kleine Tiere anziehen, Schmarotzer, Mitesser, Begleiter aus Hunger oder Schutz, so hat sich auch an S-Bahnhöfen ein ganz eigenes Biotop herausgebildet.

Am häufigsten sind die Zeitungsverkäufer. Oft liegt ihre Ware auf Tapeziertischen oder gar noch kleineren Ständen aus. Die Boulevardpresse dominiert. Offensichtlich hat der typische Bahnfahrer eine Neigung zu leichter, großbuchstabiger Kost. Oder ist das Abonnententum bei Lesern seriöser Blätter weiter verbreitet? Ein Schälchen mit Rückgeld steht entweder offen mit auf dem Tisch oder der Verkäufer häuft in langweiligen Momenten (und derer gibt es viele, wenn nicht ausschließlich) die Münzen zu Türmchen, deren Höhe fortwährend schwankt, manchmal in wolkenkratzerische Regionen reicht und deshalb geteilt werden muss, die aber auch rasch zusammenschrumpfen kann, besonders wenn mit Papiergeld gezahlt wird. Jedenfalls ist die lebhafte Änderung der Türmchen ein fortwährender Anlass zur Zerstreuung und Ergötzung der Verkäufer. Andere, misstrauischere Charaktere haben das Rückgeld in einem Gürtelbeutel deponiert, tragen es vor dem Bauch herum wie Kängurumütter ihr Junges und betasten in dauerschwangerischer Freude die Prallheit des Stoffes. Die Zeitungen bleiben Tag für die Tag die gleichen, wenn auch die Schlagzeilen wechseln, und so sind auch die Verkäufer eine Konstante im oder vor dem S-Bahnhof. Man kann sich diese Leute gar nicht in anderer Tätigkeit vorstellen. Obwohl es wahrscheinlich ist, dass sie, wenn ihr Geschäft am frühen Vormittag erlahmt, in einen Zweitjob überwechseln, so haftet ihnen doch etwas Außenseiterisches an. Es gibt den mürrischen Rentnertyp, dessen Zeitungen preußisch-geometrisch ausgerichtet sind. Da sind die Forty-somethings, Gestalten, die am Zeitungsstand zuerst unwillkürlich gestrandet sind und sich daran klammerten und schließlich darin ihre Erfüllung gefunden haben. Gelegentlich sieht man sie ihre Kinder zur neuen Verkäufergeneration heranziehen. Es ist ein Familiengeschäft, und möglicherweise hat es eine dem normalen Arbeitnehmer entsprechende Tradition.

Geistige Nahrung ist nicht alles, was der S-Bahnfahrer benötigt. Auch für das leibliche Wohl ist gesorgt in Form von Obst- und Gemüseständen. In staunenswerter Eile bauen sich diese Stände frühmorgens gewissermaßen von selbst auf. Zahlreiche Hände tragen die Kisten und Beutel umher, holen Nachschub vom Großmarkt, entledigen sich des Kartonagenmülls. Der Obsthandel ist fest in türkischer, selten asiatischer Hand. Kaum sieht man Eingeborene als Besitzer dieser Stände. Meist sind es Familienunternehmen, und es scheint, dass es echte Familien eher bei ausländischen Mitbürgern als bei den Deutschen gibt. Ohne Scheu vor ihren mangelnden Sprachkenntnissen (obwohl sie bestimmt schon jahrzehntelang in dieser Stadt leben) preisen sie Bananen, „Knupperkirschen", Obstüten zum Festpreis und „zuckersüße Erdbeeren" an. Sie sind so routiniert in ihrer Geschwätzigkeit, dass sie sich gleichzeitig marktschreierisch austoben können, den Wünschen eines Kunden Genüge tun und das Obst zusammensuchen und auswiegen, bei einem zweiten Kunden abkassieren und gleichzeitig die Orangenkiste von neuem auffüllen. Die Fingerfertigkeit beim Eintippen des Kilopreises auf der Waage ist bewundernswert. Es geht so rasch vonstatten, dass man als misstrauischer Kunde sich fragt, ob die Auberginen nun fünf neunundneunzig oder sechs neunundneunzig gekostet haben. Die ausgewogenen Preise werden im Kopf aufaddiert, nicht selten drängeln sich vier oder fünf Posten im Rechenzentrum des Verkäuferhirns und werden scheinbar zu einem fehlerfreien Ergebnis summiert.

Ein Verkauf illegaler Art findet sich auf fast allen Bahnhöfen. Es ist ein ethnisch gesäubertes Milieu, rasserein, geschlechterrein, denn es wird ausschließlich von männlichen Asiaten betrieben, zwischen zwanzig und vierzig Jahren, dürr, in viel zu weiten Lederblousons (in die die Ware gut reinpasst und das reichliche Wechselgeld). Ihre Ware sind Zigaretten, unversteuerte Zigaretten, aus Polen oder sonst irgendwoher. Sie schmecken gleich, haben den gleichen Aufdruck, der Prärie suggeriert oder Höckertierisches, sie haben nur nicht diesen kleinen Zoll- oder Steueraufkleber, jene briefmarkige Versicherung, dass man mit steuertechnisch reinem Gewissen die Zigaretten genießen kann. Und so wechseln für wenig Geld die Packungen den Besitzer, oft auch ganze Stangen. So abgemagert die Asiaten sind, so weit ihr Blouson auch ist, sie haben einen unerschöpflichen Vorrat. Ihre Deponien sind nahegelegene Mülleimer, Kartonagenhaufen (zum Beispiel von den Obstlern) oder nahes Gestrüpp. Nie sind sie allein, sondern positionieren sich mindestens zu zweit vor den Eingängen zu den Bahnhöfen. Sie werfen sich in ihrer Sprache ein paar Brocken zu, lachen, meistens jedoch blicken sie sich suchend um, versuchen (ganz untypisch für Asiaten) über den Blickkontakt abzuschätzen, ob der herbeieilende Mann ein Kunde ist oder nicht. Ihr Geschäft floriert. Raucher gibt es viele. Und unter denen haben offensichtlich genügend kein schlechtes Gewissen, Vater Staat um seine Steuern zu betrügen. Die Käufer kommen aus allen Bevölkerungsschichten, wenn auch die sozial Schwachen in der Mehrheit sind. Auch dem abgebrühtesten Käufer merkt man an, dass er um die Ungerechtigkeit seiner Tat weiß. Er nähert sich verstohlen dem Asiaten, stößt verschwörerische Worte hervor, in der Angst, abzublitzen oder gemaßregelt zu werden. Wenn sie die Zigaretten in der Hand haben, ergreift sie ein kurzer Moment der Heiterkeit. Das Reibungslose der Situation findet im Lachen seinen Ausdruck. Vielleicht auch das Gefühl, jemanden anderen betrogen zu haben und mal wieder ungestraft davon zu kommen. Dann aber, als flackere das schlechte Gewissen nochmal auf (bevor es ganz erstirbt), eilen sie davon, mit der Beute fest verstaut in der Jackentasche. Seltsamerweise rauchen die Verkäufer nicht, zumindest nicht bei der Arbeit. Vielleicht finden sie eine besondere Genugtuung darin, den Süchtigen ihren Stoff zu besorgen, dabei selbst aber clean zu bleiben. Vielleicht erlaubt das ihnen, mit mehr Abscheu auf die Käufer herabzublicken, allesamt Leute, die in besseren Wohnungen wohnen, die besseren Autos fahren, die schönere Frauen haben, Leute, die eine sichere Rente erwartet, die krankenversichert sind, Leute, die, sobald sie unter sich sind, über die Asiaten nur mit Abscheu reden, sie als Handlanger, Geschmeiß betrachten, ihnen vielleicht sogar die Polizei auf den Hals wünschen (denn sie betrügen bestimmt). Und so muss man zwangsläufig als ausländischer (doppelt illegaler) Verkäufer zum Nichtraucher werden, es ist die einzige Rache, die ihnen bleibt.

An ausgewählten S-Bahnhöfen werden auch Textilien angeboten. Wie bei den Obstlern sind es auch hier die rasch aufbauenden und den freien Platz überschwemmenden ausländischen Händler, die dominieren. Für den langen Tag, den sie im Gewimmel der Menschenmenge verbringen, genügen ihnen ein Klappstuhl und eine aufgestellte Kiste, worauf sie eine Zeitung oder ein Kreuzworträtselheft ausgebreitet haben. Anders als die Obstler sind die Textilverkäufer ein zurückhaltender Menschenschlag. Es ist unter ihrer Würde, die Reisenden anzusprechen oder gar blind in die Menge zu rufen. Sie sitzen still lächelnd auf ihrem Klappstuhl, den Blick weniger auf den einzelnen gerichtet, als vielmehr auf die Erscheinung der Masse selbst. Und wenn ab und zu eine Rentnerin mit rosa Rock oder Strickjäckchen mit Getrippel und wählerischem Kopfaufrucken die Ware inspiziert und dabei die Stoffe befühlt, selbst dann bleibt die Verkäuferin sinnig lächelnd auf ihrem Klappstuhl sitzen und schaut auf die Interessentin wie auf ein kleines Kind, das am Meeresstrand mit Muscheln spielt. Und erst, wenn sich die potenzielle Käuferin nach Hilfe umblickt („Mit wieviel Grad kann man es waschen? Färbt es ab? Haben Sie das auch in Türkis? Was soll es denn kosten?"), erst dann erhebt sich die Frau, als ginge sie das gar nichts an. Sie schenkt der Kundin ein Lächeln, und ohne viele Worte zu verlieren macht sie den Handel perfekt. Und wenn das Nachthemd oder das Tischtuch oder die Sommerbluse in einer weiten Plastiktüte verstaut ist, wenn das Geld seinen Besitzer gewechselt hat, dann verlässt die Käuferin den Stand, und wenn sie zuvor noch etwas verbiestert und gestresst geblickt hat, so hat sich nun eine wohlige Zufriedenheit über ihr Antlitz gelegt, und es scheint, dass nicht nur der Rock oder die Gardine den Besitzer gewechselt hat, sondern auch etwas vom stoisch-nachsichtigen Gemüt der Verkäuferin.

Orgel in Blau

Der goldene Jesus schwebt über dem Altar. Die beiden Stahl-
seile, mit denen er an der Decke befestigt ist, erkennt man im
Dunkel kaum. Es ist ein „moderner" Jesus, keiner aus der Phase
der Blut- und Knochendarstellungen früherer Zeiten. Weder windet er sich vor Schmerzen, noch schaut er zerquält-verklärt gen
Himmel. Stoisch und selbstverständlich hängt er am Kreuz, genauer: ist er das Kreuz. Seine Gestalt und die des Kreuzes bilden
eine Einheit: die langgestreckten, parallelen Füße, flossig ausgestreckt mit fast zarten Wundmalen. Ebenso die Arme, wie ein
Springer vom Drei-Meter-Turm, auseinandergebreitet und in offene Handflächen auslaufend. Sein Hemd oder seine Kutte ist
eine einzige flächige Form, fast ohne jenen ausgeklügelten Fal-
tenwurf, der so manchen Bildhauer älterer Epochen zur Meister-
schaft oder zur Verzweiflung trieb. Sein Gesicht ist langgestreckt
und bärtig. Es hat nichts Individuelles. Den Augen merkt man
nicht an, ob sie offen oder geschlossen sind. Der Mund scheint
teilnahmslos und stumm. Mit dem Ausdruck höchster Gleichgül-
tigkeit (oder Entrücktheit?) hängt er da, nein: schwebt er und
leuchtet golden in der düsteren Kirche.

Diese Düsterkeit ist keine schwärzliche Düsterkeit oder eine
aus Grau oder aus verblassendem Blattgold. Diese Düsterkeit ist
blau. Satt blau. Ein dunkles Miró-Blau. Die Kirchgänger können
sich dem sedierenden Einfluss dieser Farbe nicht entziehen. Ob
man will oder nicht: unwillkürlich fängt man an, sich zu ent-
spannen. Das Blau hypnotisiert, und es hypnotisiert schnell und
gründlich. Der Grundriss der Kirche ist achteckig. Nirgends
kann das Auge lange verweilen, weil es keinen Ort und keine Fläche gibt, die ausgezeichnet ist, sich abhebt. Selbst der Altar,
schlicht und schmucklos, verweigert sich dem Betrachter. Statt-

dessen irrt das Auge die Wände entlang, die unerbittlich das gleiche, wohlig-einschläfernde Muster wiederholen: Kleine blaue Glasquadrate, wabenartig zu acht Wänden zusammengefasst. Ab und zu durchbrechen rote und grüne Scherben das Blau, aber sie tun das in einer willkürlichen Weise. So bleibt dem Besucher nichts anderes übrig, als sich wie der goldene Jesus von der nirvanischen Unergründlichkeit des Blau gefangen nehmen zu lassen und mit dem Blick ins Unendliche zu schweifen, ins Transblaue, Ultra-Violette.

Die Kirche verweigert sich auch in anderen Punkten der Tradition. Wuchtig-wurmstichige Bänke sucht man vergebens. Man findet hier eine Bestuhlung, wie sie in jedem beliebigen Kongress-Saal stehen könnte. Es gibt auch keine Säulenheiligen, kein Deckengemälde, keine weihrauchumnebelten Ecken. Es herrscht angenehme Schlichtheit.

Nun, gegen sechs Uhr abends, haben sich nicht viele Besucher eingefunden. Es ist ein heißer Samstag. Es zieht die Leute in den Biergarten, den Zoo, ins Grüne. Schönes Wetter macht atheistisch. Nur in Sturm und Kälte gedenken wir Petrus und seines Vorgesetzten. Aber die Besucher haben sich ohnehin nicht aus religiösen Gründen versammelt. Ein älterer Gott hat gerufen, und sie sind ihm gefolgt, dem Gott Musik, der ältere und ehrlichere Rechte auf die Seele der Menschen hat und sich in allen Gotteshäusern gefahrlos einnisten kann, ohne vertrieben zu werden.

Das Programmheft verkündet die samstägliche „Orgelvesper". Eine ältere Frau drückt das einmal gefaltete DINA4-Blatt den Eintretenden in die Hand. Sie lächelt wie in Vorfreude dabei. Ein weißhaariger Mann mustert kritisch die aufgelisteten Werke. Sein Haarschopf ist ausgedünnt, aber geschickt aufgebauscht und umgibt ihn mit genialisch-aureolischer Würde. Seine Lesebrille hält er sich vors Auge, und er murmelt die Worte nach, die er liest: „Bach. Präludium. Fuge f-Moll." Der Mund verzieht sich. Er steht bei der alten Dame und wettert sie an: „Bach? Immer wieder Bach! Als gäbe es nichts anderes!" Er schwenkt die Hände, als höre er die immer gleichen Einwände, auf die er natürlich gut vorbereitet wäre (wenn ihm denn jemand widerspräche). „Bach. Natürlich Bach. Er war ja der Beste seiner Zeit. SEINER ZEIT! Selbstverliebt war er. Ein barocker Mozart. Ein Komplikateur. Der Thomas Mann der Orgelmusik. Unverständlich. Detailbesessen. Niemand zum Genießen. Das ist Musik für Mathematikstunden. Noten nach Gleichungen dritter Ordnung. Aber nichts für die Seele."

Die Dame lächelt ihn weiter an. Er dreht sich zwei-, dreimal unwillig im Kreise. Man könnte befürchten, dass er den Vorraum verlässt und in den sonnigen Abend zurückkehrt. Stattdessen tritt er energisch ins Innere der Kirche. Der Gott Musik ist gewaltig und herrscht gnadenlos über seine Jünger. Der Mann äugt nach der Orgel. Dann, mit Kennerblick, prüft er die akustischen Verhältnisse der Kirche und sucht sich einen geeigneten Platz.

Auch kurz vor sechs Uhr bleiben viele Plätze leer. Die Stühle um das Weihwasserbecken sind seltsamerweise fast alle besetzt. Von dort hat man einen guten Blick auf die Empore, wo die Orgel thront und sich auch der Musiker, ein Norweger, eingefunden hat. Links vom Becken sitzen zwei alte Damen, ehemalige Höhere Töchter. Die eine, klein, mit Hamsterbacken und Knopfaugen, hat sich einen rosigen Schimmer auf ihren Wangen bewahrt. Sie ist rundlich, aber nicht fett; gesetzt, aber nicht träge. Sie ähnelt einem Murmeltier, das satt vor seiner Höhle hockt und zufrieden in die Welt hinausschaut.

Ihre Begleiterin hat eine entgegengesetzte Physiognomie. Sie ist in die Höhe geschossen und hat einen knochig-kantigen Körperbau. Alles an ihr wirkt wie nachträglich gestreckt, als hätte man sie vor kurzem auf jenes mittelalterliche Folterinstrument gespannt und dann ordentlich gedehnt. Die Arme sind besorgniserregend lang und gleichen den Klauen eines Gorillas. Der Hals dehnt sich röhrenförmig nach oben und wird von einem schmalen Kopf gekrönt. Die Kiefer treten unschön hervor. Die Gesichtszüge sind eindeutig maskulin: die schmalen Lippen, die buschigen Brauen, der kantige Vorderschädel, der stumpfe Blick. Ihr Antlitz hat etwas entfernt Aristokratisches, als hätte es jahrhundertelang hindurch unter Inzucht zu leiden gehabt und wäre nun zu einem Zerrbild einstiger Herrscherwürde hinabgesunken. Müsste man ihr ein Tier zuordnen, so wäre es eine Giraffe. Etwas verbiestert, von einer abweisenden Hochmütigkeit und zugleich mit etwas Trotzigem: Ihr reicht ohnehin nicht an mich heran. Immerhin duldet die Giraffe das Murmeltier an seiner Seite, und zusammen betrachtet wirken sie fast heimelig.

Ebenfalls um das Weihwasserbecken sitzen drei Touristen, vermutlich Südländer. Er, mit angestrengt kulturinteressiertem Blick, mustert das moderne Interieur der Kirche und quält sich mit der Entscheidung ab, ob er es schön oder misslungen finden soll. Seine Begleiterinnen, wie er um die Vierzig, begnügen sich mit sich selbst. Sie flüstern und tratschen miteinander. Die eine hat das Programmheft zu einem Fächer umfunktioniert und wedelt sich kühle Luft zu. Sie ist braungebrannt und hat ein grell gestreiftes T-Shirt an. Die Sonnenbrille ist im Haar hochgesteckt. Die synthetisch glitzernde Handtasche steht zwischen den Füßen eingeklemmt am Boden. Aus dem Rucksack lugt eine Mineralwasserflasche aus Plastik. Sie ist die Aktivere der beiden, vor allem wegen des unentwegten Fächelns mit dem Programmheft. Sie zieht böse Blicke von Seiten eines Herrn auf sich, der, eingequetscht in einen hellblauen Anzug, schräg gegenüber von ihr sitzt. Er hat die Orgel im Rücken, vielleicht war sein Platz immer am Weihwasserbecken und er sieht sich verdrängt, sicherlich ist das ein Grund zum Wütendwerden, vor allem wenn es Touristen sind, kulturelle Eintagsfliegen, die, ehe noch der letzte Ton verklungen ist, das Konzert bereits vergessen haben. Dem Mann im hellblauen Anzug sieht man seine Stammgastigkeit an. Möglicherweise dehnt sich seine Wut auch auf das nimmermüde Fächeln der Frau aus, denn es gibt keinen Grund für dieses Fächeln. Zwar ist es draußen brandig heiß; in der Kirche jedoch herrscht angenehme Kühle. Zudem ist die Frau recht dünn angezogen, freie Schultern, nackte Waden. Doch ihr Gesicht muss erhitzt sein, sonst hätte sie ja keinen Grund, sich dauernd anzufächeln.

Da setzt die Musik ein. Die ersten Töne klingen ungeübt und hölzern. Hat der Norweger keine Zeit zum Einstudieren des Stückes gehabt? Man sieht eine verzerrte Miene bei dem Bachhasser. Er hat die Beine übereinandergeschlagen. Ein Arm ruht auf der Rückenlehne eines benachbarten, leeren Stuhls. Kennerschaft braucht Platz. Die daunigen Haare wehen in einem unbekannten Wind (oder erstreckt sich das Fächeln der Touristenfrau bis auf seinen Platz?). Auch der hellblaue Anzugmann scheint unzufrieden. Er nestelt an seiner Fliege und starrt auf die Frau. Manchmal setzt sie aus mit ihrer Bewegung. Dann aber, wenn die Orgel mit drohendem Ton zu neuen Läufen ansetzt, scheint sich ihr Handgelenk zu erinnern und beginnt erneut seine Bewegung. Die Giraffe und das Murmeltier sind unbeeindruckt. Sie starren in den leeren, blauen Raum.

Mit dem zweiten Stück fängt sich der Organist. „Allein Gott in der Höh sei Ehr", ebenfalls von Gottvater Bach, steht auf dem Programm. Die Touristenfrau nimmt einen verstohlenen Schluck aus ihrer Mineralwasserflasche. Der Daunenkopf scheint seine Abneigung gegen Bach vergessen zu haben und nickt selbstgefällig mit dem Kopf. Seine Finger imitieren in der Luft das Orgelspiel. Aufmerksam, wie ein Schüler im Mathematikunterricht lauscht er auf jeden Ton, er weiß ihn streberhaft immer im voraus, seine Finger sind natürlich schneller als die des lahmen Norwegers, überhaupt reicht niemand an ihn heran. Die Daunen stellen sich gebieterisch auf, und kein Windstoß kann ihnen etwas anhaben. Vielleicht ist es dieser Windlosigkeit und der neutralen Kühle auch zu verdanken, dass kein Hüsteln, kein Schneuzen die Darbietung stört. Niemals gab es ein stilleres Publikum. Der Vorgang der Entkörperlichung ist bereits im fortge-schrittenen Stadium. Die Macht des Blau wirkt. Kanaan ist nah.

Nur einer verweigert sich: der Mann im hellblauen Anzug. Auch das immer bessere Spiel des Norwegers kann ihn nicht fes-seln. Er ist wie gebannt von dem Hin- und Herfächeln der braun-gebrannten Touristin. Seine Gesichtszüge nehmen groteske Formen an. Vorwurfsvolle Blicke seinerseits werden von ihr nicht wahrgenommen. Er entschließt sich in seiner Verzweiflung zu einem Sakrileg. Er sammelt seinen Mut und - zischt die Frau an. Der Schlangenlaut durchschneidet die Andacht des Publi-kums. Jetzt wird die Frau auf ihn aufmerksam. Sie betrachtet ihn gründlich und von oben herab. Sein Anzug gefällt ihr nicht. Sie kann sich die Koketterie leisten und lässt ihn abblitzen. Sie ver-steckt ihr Gesicht hinter dem furios hechelnden Fächer. Der Mann bebt vor Wut.

Nach einer weiteren Bach'schen Fuge folgt eine kurze Schriftlesung. Ein Gleichnis aus dem Evangelium Lukas wird vorgetragen, und ehe man sich seines tieferen Sinnes gewahr wird, setzt das nächste Stück ein. Es ist ein gedämpftes, dunkles Choralvorspiel von Brahms. Wehmütig, fast atonal. Die Kirche taucht in eine andere Stimmung ein. Das Blau erscheint verzwei-felter. Der Daunenmann lauscht mit Kenner-Ohren dem Stück. Als sich das Präludium und die Fuge a-Moll anschließen, ist sein Urteil gefällt. Mit zitronensaurem Gesicht verfolgt er die Darbie-tung nurmehr mit halbem Trommelfell. Die Daunen sträuben sich. Brahms war wohl nicht der Beste seiner Zeit, zumindest nicht der beste Kirchenmusiker. Der Giraffe und dem Murmeltier ist das egal. Ihre Haltung (die Höhere Töchterschule lässt grü-ßen) ist vorbildlich steinern. Die Hände ruhen flach auf den Schenkeln. Das Gesicht ist im Falle des Murmeltieres gleichblei-bend freundlich, im Falle der Giraffe hochmütig abweisend. So groß scheint der Unterschied zwischen Bach und Brahms dann doch nicht zu sein.

Der dritte und letzte Teil des Konzerts bildet ein Stück von Bjarne Slogedal. Hier bewegt sich der Organist auf heimatlichem Terrain. War Bach für ihn eine Last, und Brahms eine Pflicht, so folgt jetzt die Kür. In den Variationen über ein norwegisches Lied zieht er buchstäblich alle Register. Das Stück bietet Raum für Hingabe, für exklusive Könnerschaft. Kein mächtiges Orgelbrausen, kein Donnerhall. Ein verstohlen, afrikanisches Tom-tom. Dann ein klagender Singsang, eine Götzenmusik, indianisch, die leichtfüßig ins Jazzige übergeht. Ein sorgloser Gang durch die Weltmusik. Ohne Anspruch auf Anspruch. Ohne akademische Strenge. Ohne Selbstverliebtheit, wie auch der Daunenkopf bemerkt. Seine Finger sind still. Hier kann er nicht strebern. Er lernt dazu. Mit spitzen Ohren lauscht er, ständig aufs Neue überrascht von den Wendungen des Stücks. Auch der hellblaue Mann ist gefesselt von den ungewohnten Klängen. Er dreht den Kopf zur Seite, gönnt seinem linken Ohr eine volle Breitseite der norwegischen Variationen. In seiner Selbstvergessenheit merkt er nicht, dass die verhasste Touristenfrau ihr Fächeln eingestellt hat. Mit halboffenen Lippen (als müsse sie die Musik wie das Wasser aus der Plastikflasche mit dem Mund einschlürfen) lauscht sie den Klängen. Der Fächer ist erstarrt. Alle sind ergriffen. Alle, bis auf Giraffe und Murmeltier.

Dann stürzt die Variation ins Wuchtige. Das Publikum erschrickt. Die eben gehörten Visionen scheinen einer fernen Vergangenheit anzugehören. Das Stück klingt aus. Der Daunenmann steht stramm auf. Die Frau fächelt. Giraffe und Murmeltier eilen zum Ausgang. Dort schnappen sie sich einen Klingelbeutel und passen die Besucher ab. Eintritt frei, Austritt kostenpflichtig. Alles geht gemächlich dem Ausgang entgegen, auch die Touristenfrau. Der Inhalt der Wasserflasche schwappt hin und her, während sie durch die Reihen schlendert. Ihre Begleiter sind bereits im Freien. Da schleicht sich der hellblaue Mann von hinten an. Sein Gesicht hat nicht mehr die bodenlose

Wut von vorhin. Stattdessen ist nun ein tückischer Satansblick darauf. Als die Frau den Klingelbeutel gefüllt hat und mit erhobenem Kopf durch den Vorraum schlendert, fädelt der hellblaue Mann seinen Fuß von hinten zwischen die ihren. Die Frau knickt ein, der Stöckelabsatz knackt auf. Obwohl sie die Arme hilfesuchend ausstreckt, kann sie niemanden erreichen, nicht einmal die Giraffe, die teilnahmslos den Sturz der Frau betrachtet, von oben herab, als ginge sie das lächerliche Treiben am Boden nichts an. Fluchend rappelt sie sich wieder auf und schimpft über den zerknickten Absatz. Währenddessen eilt der hellblaue Mann kichernd ins Freie, unentdeckt, hämisch befriedigt, und nur der goldene Jesus inmitten seiner blauen Unendlichkeit schaut ihm müde hinterher.

Luftperlen

Die Pritsche ist anfangs bequem. Man kann die Füße ausstrecken. Falls gewünscht, erhält man eine Rolle, auf der man seine Beine auflegen kann. Soll das Fenster geschlossen werden? Stört das Licht der Lampe?

„Nein", sage ich, „ich möchte lesen", und da draußen ein verregneter Spätsommertag anbricht, brauche ich die künstliche Beleuchtung, um mich durch einen Achthundertseiter zu fressen.

Heute ist es die linke Armbeuge, in der die Kanüle steckt. Sie ist tief in der Haut, tief in der Vene verankert. Ein Schläuchlein schlängelt sich hoch, zu einer Art Galgen, wo die Infusionsflasche hängt, ein halber Liter oder sogar ein ganzer, ich weiß es nicht, habe es noch nicht herausfinden können, und dabei bin ich doch bereits das vierte oder fünfte Mal hier. Mein Blickwinkel ist schlecht. Ich sehe die Welt aus untergeordneter Stellung. Ich bin von Riesen umgeben. Sogar die einsfünfzig-Schwester scheint einer überdimensionalen Gattung anzugehören, wenn sie nach zehn Minuten zu mir hereinblickt und fragt, ob alles in Ordnung sei. Ich danke, ja.

Die Flüssigkeit tropft aus der Flasche zuerst in einen durchsichtigen Plastikzylinder. Er ist daumendick und -groß und sein Pegel wird von oben nachgefüllt, während das opake Nass nach unten in meine Adern abfließt. Das System ist nicht ganz geschlossen. Irgendwoher muss Luft kommen, um das Volumen der Flüssigkeit, die in mich hineinläuft, in der Flasche auszugleichen. Keine Aktion ohne Reaktion. Kein Entleeren ohne Nachfüllen. Und so ist in diesem Zylinderchen eine kleine Öffnung, über dem Pegel, wo durch eine Membran Luft nachströmen kann, gesäuberte Luft, denn die Membran dient dazu, Staub und Keime fernzuhalten. Da Luft nach oben drängt (so wie Wässriges stets nach unten strömt), so hastet auch die nacheilende Luft nach oben in die Flasche. Und jedes Mal, wenn ein Wassertropfen auf den Pegel im Zylinder klatscht und ein wenig Schaum schlägt, so steigt jedes Mal ein Lufttropfen in der Flasche auf, gesellt sich zu dem Luftraum der kopfüber hängenden Flasche, vergrößert diesen Luftraum, genau wie die Infusionslösung den Wässrigkeitsraum in mir erhöht, alles muss in Balance bleiben, muss im Gleichgewicht gehalten werden, wie ich selbst, ausgestreckt auf der Pritsche, auf einer der Pritschen, ich bin nicht allein in dem Zimmer, meine junge, männliche Anwesenheit wird auf der zweiten Liege ausbalanciert durch eine ältere Frau. Sie ist ganz in sich eingeschrumpelt. Alles an ihr ist fragil; die dünnen Finger, von bläulichen Adern überzogen, die Stimme, sogar das Haar wirkt spröde und wie aus Glasfäden gezogen. Die Arzthelferin müht sich, einen Einstich in die faltige Haut zu finden. So problemlos das Einführen der Kanüle in meinen linken Arm war, so schwierig gestaltet sich das gleiche Unterfangen am rechten Arm der Frau. Die Arzthelferin ist verunsichert. Die Adern der Alten sind zu mürbe. Die Kanüle findet keinen Halt, sondern fährt schneidend hindurch. Alles ist nachgiebig geworden, gleichmütig gegen das verrinnende Leben, auch die Frau selbst, die stoisch und nahezu unbeteiligt den Bemühungen der Arzthelferin zuschaut und schließlich vorschlägt, es am Handrücken zu versuchen. Die Arzthelferin schaudert auf. Nein, das mache sie nicht. Das tut doch weh. Die Alte redet ihr zu. Die Infusion muss schließlich in sie hinein. Lassen Sie es uns in der anderen Armbeuge probieren, schlägt die Schwester vor und umrundet die Pritsche. Ihr Blick fällt auf meine leere Infusionsflasche. Das Zylinderchen ist ebenfalls ohne Flüssigkeit. Selbst der Schlauch hat sich geleert bis zu jenem Pegel, in dem die Flüssigkeit genau die Gegenkraft ausbalanciert, die durch meinen Blutdruck ausgeübt wird. Der Pegel ist weit unten, im unteren Drittel des Schlauches, mein Blutdruck ist schwach, ich kann der Gravitation kaum etwas entgegensetzen. Ich hypnotisiere den Pegel und achte darauf, ob er im Rhythmus meines Herzschlag erzittert. Das ist nicht der Fall, leider, auch mein Herz muss schwach sein, seine Kraft reicht gerade aus, um den gemächlichen Fluss meiner Körpersäfte aufrechtzuerhalten, aber sie kann sich nicht nach außen manifestieren, sie ist introvertiert, ein Abbild meiner selbst, alles sucht sich in allem zu spiegeln, alles muss im Gleichgewicht sein.

Und deshalb kommt auch die Schwester erst zu mir und zieht die Kanüle aus meinem Arm, ehe sie eine (andere) Kanüle in den Arm der Alten stechen wird. Das Herausziehen des Metalls ist schmerzfrei, im Gegensatz zu dem Einstich (zuerst der Schmerz und dann der Nicht-Schmerz). Ein kleiner Blutstropfen schlüpft aus der Wunde. Die Schwester presst Watte auf die Stelle, und als sie sie nach wenigen Sekunden wegnimmt, sehe ich erstaunt, wie das Blut verschwunden ist, wie auch die Wunde nicht mehr zu erkennen ist, als hätte sich alles in mir sofort verschlossen. Ich stehe auf, packe den Achthundertseiter (von dem ich wieder nur fünfzig Seiten gelesen habe) in meine Tasche, ich sehe die Schwester die Flasche wegwerfen, die Flasche, deren Inhalt jetzt in mir ist und den ich in meinem Blut quer durch die Stadt tragen werde, die Flasche, die sich in mir entäußert hat, deren Extrovertiertheit durch meine Introvertiertheit ausgeglichen werden musste, die Flasche, deren jetziger Inhalt nur Luft ist, gewöhnliche (aber gefilterte) Luft, der man nicht mehr ansieht, dass sie sich gebildet hat aus einzelnen Luftperlen, die nach und nach (im Rhythmus des gegenläufigen Infusionsstroms) sich die Flasche hochschlängelten. Ich vermochte nicht, etwas zurückzulassen, nichts außer einem schwächlichen Blutstropfen, den ein winziges Stück Watte aufgesaugt hatte. Und während ich das Zimmer verlasse, überlege ich mir, was wohl die Alte zurücklassen muss, nachdem ich mit Nichts davongekommen bin, und mit Schaudern sehe ich, wie sich die Schwester an der linken Armbeuge zu schaffen macht, der Armbeuge, die die meine war.

LITERARISCHE ESSAYS

Javier Marias und die Kunst der Unschärfe

Literatur handelt von Möglichkeiten: Es werden Ereignisse und Personen erdacht, die sich je nach Fantasie und Glaubwürdigkeit des Autors ständig entscheiden, in welche Richtung sie sich entwickeln. Phantastische Literatur thematisiert neben dem Möglichen auch das Unmögliche, es ist ihr eigentlicher Schwerpunkt, es setzt dort an, wo gewöhnliche oder gewohnte Erklärungen für Ereignisse nicht mehr auszureichen scheinen. Phantastische Literatur ist grenzgängerisch, da sie den Leser gleichzeitig durch zwei einander ausschließende Weltsichten führen kann. Dagegen handelt Utopische Literatur wie Science-Fiction oder Fantasy vom Möglichen innerhalb des Unmöglichen und verlangt dem Leser keine Lust am oben genannten Konflikt ab.

Das fruchtbarste und eigentliche Gebiet für Phantastische Literatur ist also die Nahtstelle zwischen dem Möglichen und dem Unmöglichen. Den Leser dabei in einem Schwebezustand zu halten, ihn einmal dazu zu verführen, der rationalen, dann wieder der irrationalen Erklärung zu glauben, erfordert hohes Geschick von seiten des Autors. Klassische Beispiele für diese Art von Erzählungen sind z.B. *Das Grillenspiel* von Gustav Meyrink, *Der Sandmann* von E.T.A. Hoffmann, *Die Tür in der Mauer* von H.G. Wells, viele von H.P. Lovecrafts Erzählungen, sowie fast alle Romane von Leo Perutz. Trotz ihrer thematischen Unterschiede lassen sich alle zu einer Gruppe zusammenfassen.

Ein spanischer Erzähler der Gegenwart, Javier Marias, vollführt in seinen Romanen und Kurzgeschichten einen ähnlichen Balanceakt wie klassische Autoren der Phantastik. Marias ist zwar enger der realen Welt verhaftet, denn man findet keine übernatürlichen Einbrüche im konventionellen Sinne. Dennoch weist sein Erzählstil auffallende Ähnlichkeiten zur Phantastischen Literatur auf.

Die Kurzgeschichte *Während die Frauen schlafen* beginnt damit, dass ein Ehepaar am Strand täglich einen Mann beobachtet. Dieser, Viana, scheint den ganzen Tag seine hübsche Frau mit der Videokamera zu filmen. Er betrachtet sie nur durch die Linse seines Apparats und verbringt den vollen Tag mit Aufzeichnungen von verschiedensten Anblicken seiner Gattin. Eines Nachts treffen sich die Männer am Swimming-Pool: der Beobachter und der Beobachtete, wobei letzterer durch seine Filmerei auch ein Beobachter ist. Es ergibt sich ein Gespräch, in dessen Verlauf Viana gefragt wird, weshalb er seine Frau die ganze Zeit filmt. Er mache dies, wie er sagt, um sich zu erinnern: Erinnern im Sinne von beliebig oft sehen können, nicht nur sich vorstellen, sondern sehen, verweilen, anhalten. Er mache diese Aufnahmen, weil seine Frau sterben wird und er den letzten Tag auf jeden Fall aufbewahrt, aufgezeichnet haben möchte. Der Einwand, dass er viel älter als die Frau sei und er daher vor ihr sterben werde, lässt Viana lachen. Dann wird er ernst und sagt über seine Frau: „Ich bete sie an . . . und ich weiß, dass ich sie noch viele Jahre anbeten werde. Deshalb kann es jetzt nicht mehr lange dauern, weil alles schon zu viele Jahre lang in meinem Inneren gleich ist, ohne sich zu verändern . . . Weil für mich alles unerträglich werden wird, wird sie vor mir sterben müssen, eines Tages, wenn ich meine Anbetung nicht mehr ertragen kann . . . ich werde sie umbringen müssen." Doch damit ist das Gespräch nicht beendet. Der Ich-Erzähler fragt Viana, ob er keine Angst hat, dass er ihn anzeige. Dieser reagiert gelassen. „Morgen werden Sie das alles vergessen haben. Sie werden sich nicht daran erinnern wollen, Sie werden das Ganze weder ernst nehmen, noch werden Sie . . . versuchen, irgendetwas herauszufinden. . . . Und bedenken Sie, falls Sie Inés warnen sollten, würden Sie den Ablauf nur beschleunigen, ich müsste sie morgen umbringen." Und, kurz darauf, die seltsame

Pointe: „Und wer sagt Ihnen, dass ich es nicht schon getan habe, heute Nacht, vor einer Weile und bevor ich hier heruntergekommen bin, wer sagt Ihnen, dass sie nicht schon tot ist und dass ich deswegen mit Ihnen spreche?"

So wie das nächtliche Gespräch der beiden Männer sich in einem Spannungsfeld bewegt, so ist auch der Leser gefangen in den Dialogen und besonders in den Ausführungen von Viana. Die Geschichte hat keine Auflösung, sie gibt dem Leser keine absolute Gewissheit, auch der Ich-Erzähler kann nur mutmaßen (und es sind die ersten Sätze seiner Erzählung): „Drei Wochen lang sah ich sie jeden Tag, und jetzt weiß ich nicht, was aus ihnen geworden ist." Die Welt ist unsicher, da zwangsläufig der Blickwinkel jedes einzelnen Menschen unsicher ist. Der einzige, der über Leben und Tod Auskunft geben könnte, ist Viana, aber selbst er spielt auch mit den Möglichkeiten. Fast meint man, er wisse selbst nicht, was schon geschehen ist oder was bald geschehen wird. Für den Ich-Erzähler stellt sich die Situation noch grotesker dar: Je nachdem, welchen Suggestionen Vianas er glaubt, ist die Frau lebendig oder tot. Er hat keine Möglichkeit, die Wahrheit herauszufinden. Viana gönnt ihm keine absolute Weltsicht, sondern nur eine Weltsicht der Möglichkeiten und der Absichten. Man kann die Rolle der Frau in der Geschichte mit dem Schicksal von Schrödingers Katze vergleichen. In diesem bekannten Gedankenexperiment ist eine Katze in einer *black box* gefangen, wo durch einen radioaktiven Zerfallsprozess Giftgas aus einer Kapsel freigesetzt wird. Da der Zerfallsprozess einer Wahrscheinlichkeitsfunktion gehorcht, lässt sich nicht entscheiden, ab wann die Katze tot ist. Es lässt sich nur sagen, dass sie z.B. zu 30% oder zu 60% tot ist. Analoges geschieht der Frau in der Geschichte. Sie balanciert zwischen Leben und Tod. Sie erscheint schon halb gestorben in der Nacht, in der sich die Männer unterhalten. Dadurch, dass sie von ihrem Mann zum Tode verurteilt ist, ist sie selbst teilweise Bestandteil des Todes.

Diese Art des „quantenmechanischen Erzählens" trifft man in gedämpfter Form auch in Marias Romanen an. Darin bewegen sich Menschen in einem Feld der Vermutungen und der unvollständigen Wahrheiten. Nach und nach kommen Dinge ans Licht, die den Protagonisten nie berührt haben, weil er nicht wusste, dass sie existierten, z.b. der wahre Grund für den Selbstmord der ersten Frau seines Vaters (in: *Mein Herz so weiß*) oder die Verkettung der Tode zweier Frauen (in: *Morgen in der Schlacht denk an mich*), die dem vorangegangenen Geschehen einen nachträglichen abergläubischen Sinn geben. Nach seiner Meinung gibt der Schriftsteller „nicht die Wirklichkeit, sondern eher die Nicht-Wirklichkeit wieder, . . . einfach das, was geschehen hätte können und nicht geschehen ist, das Gegenteil von Tatsachen, Begebenheiten."

In den vorigen Jahrhunderten hat Phantastische Literatur das Moment der Verstörung in die Literatur eingeführt. Damals glaubte man noch an Kausalitäten, an Ursache und Wirkung, an absolute Wahrheiten. Daher irritierte die Phantastik früher nur oder drückte individuelle oder gesellschaftliche Ängste aus. Heute jedoch ist die Welt biegsam geworden, relativ und unscharf. Hinter vielen Kausalitäten lugt das Chaosprinzip oder die Wahrscheinlichkeit hervor. Deshalb ist die Phantastische Literatur, diese Grenzgängerin zwischen den Möglichkeiten und den Unmöglichkeiten, das realistischste Abbild einer instabilen Welt.

H. P. Lovecraft: Das Vokabular des Grauens

Einleitung

Welche Sprache sprechen Monster? Vor dieser Frage steht jeder Autor, in dessen Geschichten übernatürliche oder quasi-übernatürliche Wesen eine zentrale Rolle spielen. In den Erzählungen H. P. Lovecrafts, in denen die Protagonisten in Konfrontation treten mit subterranen, subaquatischen oder kosmischen Entitäten, spielt die Sprache eine etwas vernachlässigte Rolle in der Sekundärliteratur. Zu Recht wird dort immer wieder auf den Geruchssinn als zentrales Sinnesorgan hingewiesen, das als erstes die Nähe der furchterregenden Quasi-Gottheiten spürt. Mit Sicherheit ist dies ein effektives Stilmittel, denn der Geruch lässt sich durch den Protagonisten nicht abwehren, er ist allgegenwärtig und kann wie kaum eine andere Sinnesempfindung mit Ekel und Fäulnis assoziiert werden. Hier soll nun aber die Sprache, die Artikulation, beleuchtet werden, mit der ebenfalls eine Atmosphäre des Unheimlichen und des Verfalls erzeugt wird.

Lange Zeit durften in der Phantastischen Literatur Monster nicht sprechen, sondern nur blubbernde, zischende, brüllende oder gutturale Laute von sich geben. Ich verstehe unter Monstern hier alle Wesen, die keine menschliche Gestalt und damit auch keine dem Menschen entsprechende Möglichkeit besitzen, Sprachlaute zu erzeugen, und die, aus der Sicht des Protagonisten, eine übernatürliche oder erschreckend ungeklärte Herkunft haben. Die Unfähigkeit zur Sprache ging einher mit der gewohnten Sichtweise, dass das Monster etwas Primitives, Archaisches sei, ein Wesen, dessen Reiz gerade darin liegt, dass es keine Kultur und damit auch keinen (sozialen) Bezugsrahmen hat. Dadurch war Sprache überflüssig. Der Schrecken des Protagonisten entstand oft durch die physische Bedrohung.

Lovecraft hat es verstanden, neben der physischen Anwesenheit und dem Geruch des Wesens auch die Sprachfähigkeit als Mittel einzusetzen, um den Effekt des Horrors im Allgemeinen und des „cosmic horror" im Speziellen zu erzielen.

„Tekeli-li" - Kulturelle Konkurrenten des Menschen

Schon in seinen frühen Erzählungen deutet Lovecraft rudimentär an, dass die Geschöpfe, denen die Protagonisten oft unfreiwillig und unvorbereitet begegnen, über sprachähnliche Fähigkeiten verfügen. Diese Tatsache trägt, wie oben angeführt, dazu bei, dass der Protagonist fast in den Wahnsinn getrieben wird. So heißt es in *Dagon* (1917) „Riesig . . . schoss [das] Ungeheuer auf den Monolithen zu, den es mit seinen riesigen, schuppigen Armen umschlang, während es sein hässliches Haupt neigte und deutliche, gemessene Töne ausstieß. Ich glaube, da verlor ich den Verstand." In *Stadt ohne Namen* (1921) berichtet der Erzähler zunächst allgemein von den Stimmen des Windes, doch „schienen diese Stimmen . . . hinter mir in meinem pulsierenden Gehirn sprachliche Formen anzunehmen und tief unten im Grab hörte ich grässliches Fluchen und Knurren fremdzüngiger Ungeheuer." In beiden Fällen sind die Monster keine primitiven Wesen, trotz ihres abstoßenden Äußeren, sondern sie verfügen über eine Art Religion, die sie, wie in *Dagon*, durch Beten vor einem Monolith ausüben, oder die sich in fremdzüngigem Fluchen artikuliert. Sprache bedeutet Kultur bzw. Kultur bedient sich der Sprache. Das Mithören von fremder Sprache, der Beweis, dass neben dem Menschen noch andere Wesen existieren, die ebenfalls Götter anbeten (Götter, die vielleicht mächtiger sind als der Menschengott), bricht den Verstand des Protagonisten.

In *Die Aussage des Randolph Carter* (1919) begeht Lovecraft den Fehler, das Monster in menschlicher Sprache reden zu lassen. Denn trotz der Beteuerungen des Ich-Erzählers, die Stimme sei „gallertartig ... überirdisch; unmenschlich, körperlos" gewesen, bleibt beim Leser der unbefriedigende Eindruck, dass diese Stimme dennoch Englisch (?) spricht. In *Der Flüsterer im Dunkeln* (1930) tritt ebenfalls ein menschlich sprechendes Ungeheuer auf. Hier erzielt Lovecraft den gewünschten Effekt dadurch, dass der Ich-Erzähler meint, seinem Bekannten gegenüber zu sitzen, während in Wirklichkeit dieser nur eine Marionette überirdischer Wesen ist. Da die Sprachmotivation hier bei den „Außerirdischen" liegt, rechne ich die Erzählung, obwohl physisch gesehen ein Mensch spricht, ebenfalls zu der Kategorie der sprechenden Monster. Auch vermischen sich im Verlauf der Erzählung „menschliche Stimmen" während einer Beschwörung mit „summenden Stimmen".

Anknüpfend an die oben erwähnten frühen Erzählungen, entwirft Lovecraft in *Berge des Wahnsinns* (1931) ebenfalls das Bild einer sprechenden Sozietät, in diesem Fall der sogenannten „Alten Wesen". Deren Art der Kommunikation ist ein „schauriges Pfeifen". Dieses erinnert in seinem Klang an „Tekeli-li!". Damit knüpft Lovecraft an Poes *Arthur Gordon Pym* an, in der „Tekeli-li!" einen Vogelschrei darstellt, der ein Indikator ist für die unheimlich werdende Atmosphäre. Lovecraft weist nun dem unbestimmt-schaurigen Ruf einen konkreten Bedeutungsinhalt zu, der aber für die Protagonisten undeutbar bleibt, so dass neben dem grauenvollen Klang auch eine (ebenso grauenvolle?) Inhaltsebene skizziert wird. Diese Steigerung im Vergleich zu dem Poe'schen Horror des „Tekeli-li!" wird durch Lovecraft um eine weitere Schreckensvariante überboten, indem er andeutet, dass die Schoggothen, die extra erzeugte Dienerkaste der Alten Wesen, die „ihr Leben, ihr Denken und die Vorbilder für ihre ... Organe nur den Alten Wesen verdankten und keine

Sprache . . . besaßen", dass nun diese Schoggothen die Sprache der Alten Wesen nachahmen und nachäffen und damit Jagd auf die (bedauernswerten) Alten Wesen machen. Die Sprachlosen bedienen sich der Äußerlichkeiten der Sprache, um die Reste der ihnen überlegenen Kultur aufzuspüren und zu vernichten. In der Mimikry der Sprache manifestiert sich Verfall und Perversion der amorphen und über-vitalen Organismengruppen der Schoggothen.

Ironischerweise fehlt gerade in der Geschichte, in der der Titel ein sprechendes Unwesen suggeriert, jeder Hinweis auf die Artikulation des Ungeheuers. Es ist die Rede von *Cthulhus Ruf* (1926). Cthulhu, „das Ding von den unseligen Sternen geiferte und sabberte und grunzte . . . ". Cthulhu spricht nicht durch Worte. Sein Ruf ergeht durch die Konstellation der Sterne, durch eine Art kosmischer Telepathie. Cthulhus Ruf bedeutet aber auch den Ruf seiner irdischen Jünger nach ihm. Und in der Tat sind es die Menschen und nicht das Monster, die in dieser Geschichte in seltsamen Worten sprechen. Cthulhu ist ein amorphes Wesen, anders im Vergleich zu den Alten Wesen aus *Berge des Wahnsinns* oder der Großen Rasse aus *Der Schatten aus der Zeit* (1935), die über Klick-Geräusche kommuniziert. Diese beiden verfügen über Kultur und Sprache. Cthulhu dagegen ist ein eher destruktives Element und daher auch nicht (mehr?) fähig zur Artikulation. Doch Lovecraft versteht es auch hier, durch gesprochene Sprache Grauen zu bewirken. Es sind nämlich die Jünger Cthulhus, die stellvertretend für die subaquatische Gottheit sich in seltsame Beschwörungen versteigen: „Cthulhu fhtagn". Sie benutzen eine Sprache, die sich aus keiner menschlichen Sprache herleitet, die nicht-menschliche Laute benutzt und nur annähernd in geschriebener Form aufzeichenbar ist, gewissermaßen als Lautschrift. Dieses Motiv hat Lovecraft oft benutzt in seinen dem sogenannten Cthulhu-Mythos zugerechneten Geschichten z. B. in *Das Grauen von Dunwich* (1928): „Y'bthnk . . . h'ehye - n'grkdl'lh".

Solche Sprache wirkt auf die Protagonisten verunsichernd, verstörend. Ihre kulturelle Einzigartigkeit, ihr vermeintliches hohes Niveau wird in Frage gestellt. Fremdes, das miteinander durch nicht verständliche Sprache kommuniziert, stellt eine Bedrohung für die eigene menschliche Kultur dar. Sie weckt die Befürchtung der Unterwanderung, der heimlichen Verschwörung. Lovecraft schürt damit beim Leser eine Art kosmischen Rassenhass, weckt Urängste der Vereinnahmung durch fremde Mächte und zeigt das Schwanken der eigenen Werte, die jederzeit ersetzt werden können.

Sprachverfall als evolutive Entwicklung und Bedrohung

Es wurde schon mehrfach erwähnt, dass Sprache ein kulturschaffendes Merkmal darstellt. Aber so wie Kultur und Sprache sich evolutiv herausgebildet haben, so können sie ebenso wieder verschwinden. Lovecraft variierte oft die Idee der Degeneration in seinen Geschichten. Was sich aus dem Schlamm des Anorganischen erhoben hat, das kann auch wieder darin versinken. Die Leiter der Evolution kann auch rückwärts beschritten werden. Damit einher geht dann auch eine Rückentwicklung der Sprache. Ein beliebtes Motiv bei Lovecraft ist die abgeschiedene, ländliche Sozietät, die durch Inzest und den Verlust von kulturellen Errungenschaften nach und nach zu menschlich-tierischen Übergangsformen degeneriert. In ihrer Physiognomie treten menschliche Merkmale zurück, und ihre Sprache tendiert zum Simplen, Bruchstückhaften. Es ist kaum mehr als ein Kauderwelsch. Noch schlimmer: Es ist eine Karikatur des Menschlichen schlechthin. Ein Wesen, dem Gaben wie Intelligenz, Verstand, Kunstfertigkeit und eben auch Sprache in die Wiege gelegt wurden, verliert dies alles. Der Mensch wird wieder zum Affen, zum Tier, beraubt sich selbst seiner Einzigartigkeit, die ihn über die Tieren erhoben hat. Orte wie Innsmouth und Dunwich oder das Martense-Haus aus

Die lauernde Furcht (1922) sind die Brutstätten solchen Verfalls. Aber auch an einer einzelnen Person kann gewissermaßen im Zeitraffer die Rückentwicklung aufgezeigt werden, so z. B. beim Ich-Erzähler von *Ratten im Gemäuer* (1923).

Das Unnennbare - Sprachunfähigkeit als äußerstes Grauen

Doch nicht nur auf der Ebene des Ungeheuers bzw. des ebenso unheimlich erscheinenden degenerierten Einwohners von Innsmouth nutzt Lovecraft die Artikulationsfähigkeit als Mittel zum Erzeugen des Horrors. In vielen seiner Geschichten unterliegt auch der Protagonist einer Sprach-Veränderung, wenn er sich den kosmischen Gottheiten gegenübersieht. In einer frühen Erzählung, *Das Unnennbare* (1923), spricht Lovecraft genau das an - bzw. eben nicht an, da sich für den Protagonisten die Begegnung mit dem Ungeheuer jeder Mitteilbarkeit entzieht. Menschliche Worte reichen nicht aus, um sein Aussehen und auch seine Wirkung auf den Betrachter zu beschreiben: „Da waren Augen - und eine Entstellung. Es war die Höllengrube - der Maelstrom - das ultimative Greuel . . . es war das Unnennbare!"

Was impliziert diese „Unnennbarkeit"? Der menschliche Geist verfügt nicht über das Potential, nicht über Einsicht, jene Dinge zu beschreiben, die es sonst noch im Kosmos, für ihn verborgen, gibt. Wenn der Verstand versagt, versagt auch die Sprache. Etwas, das sich jeder Kategorie entzieht, kann nicht benannt werden. Es ist ohne Vergleich, und kann selbst durch Abstraktion nicht erfasst werden. Zugleich ist diese Unnennbarkeit ein Eingeständnis der völligen Andersartigkeit des Ungeheuers, und Lovecraft suggeriert, dass diese Andersartigkeit zugleich eine riesige Überlegenheit gegenüber dem menschlichen Wissensstand darstellt. In diesem Sinne besitzen die Alten Wesen, aber auch Cthulhu, eine Entwicklungsstufe, die unbeschreiblich weit von der der Menschen entfernt ist und zugleich unvorstellbar höher liegt.

Dennoch gibt es Menschen, die zumindest ansatzweise mit den Göttern kommunizieren können. Die Anbeter Cthulhus wurden bereits erwähnt, jedoch ist ihre Rolle eher die der Propheten, als die der Kommunizierenden. Andere dringen weiter vor, oft unter der Benutzung verbotener Bücher wie des Necronomicon und eignen sich eine partielle Kommunikationsfähigkeit an. Diese wird aber teuer bezahlt. Denn es droht geistige Zerrüttung und die Möglichkeit, von den Göttern wie eine Ameise zerquetscht zu werden. Man kann nicht zugleich Mensch sein und Anbeter der Götter. Wer ihre Nähe und den Dialog sucht, hat in Lovecrafts Erzählungen oftmals ein degeneriertes Äußeres oder befindet sich in der Metamorphose zu einem Ungeheuer (*Das Grauen von Dunwich*). Der Kollaps des Geistes äußert sich auch im Verlust der normalen Sprachfähigkeit, so heißt es in *Der leuchtende Trapezoeder* (1935): „Ein ungeheuer Geruch ... Sinne verwandelt ... Lehnt gegen das Fenster, kracht, gibt nach ... Iängai ... ygg ... "

Lovecraft, der Dialogverächter?

Die Menschen in Lovecrafts Erzählungen sprechen nicht oft miteinander. Es ist auffallend, wie selten Dialoge vorkommen. Ein Vergleich mit den Erzählungen aus dem Band „Das Grauen im Museum", das Lovecrafts Kollaborationen mit anderen Autoren enthält, zeigt, dass dort eher ein Dialog unter Menschen stattfindet. Warum hat Lovecraft in seinen eigenen Erzählungen das nicht geduldet, was er in den Zusammenarbeiten toleriert hat? Man sollte es sich nicht zu einfach machen und es nur seiner angeblich einzelgängerischen Lebensweise zuschreiben. Zunächst ist die Dialogarmut eine Folge der Konstruktion seiner Geschichten. Diese werden oft rückblickend von einem Ich-Erzähler aus der Perspektive des besseren Wissens berichtet. Der Protagonist steht noch völlig unter dem Eindruck des Erlebten, es geht ihm darum, das Grauen zu beschreiben bzw. seine Gefühlseindrücke zu benennen. Alles, was außerhalb seiner eigenen Erfahrung und damit außerhalb seines zerrütteten Nervensystems liegt, ist für ihn uninteressant. Etwaige Dialoge sind für ihn nicht erwähnenswert.

Manchmal gönnt Lovecraft seinem Protagonisten noch einen Geistesverwandten, der mit ihm die Schrecken zu durchleben hat und der stellvertretend für den Ich-Erzähler zugrunde geht (z.B. *Der Hund, Herbert West, Das Ding auf der Schwelle*). Aber auch in diesem Fall scheint die Kommunikation reduziert. Zumindest treten auch hier echte Dialoge nur spärlich auf.

Öfter hingegen trifft man auf Monologe. (Natürlich kann eine Ich-Erzählung als Ganzes auch als Monolog bezeichnet werden.) Dabei dient eine Person quasi nur als Stichwortgeber oder als ängstlicher Frager. Dies ist natürlich von Lovecraft so kalkuliert, dass der gewünschte Effekt maximal wird. Das Grauen ist umso größer, je größer der Kontrast ist: Ein Mensch steht gegen die pandämonisch-kosmische Gottheit. Ein zweiter, gleichwertiger Protagonist, der sprechend auftritt, würde den Effekt mindern. Die Identifikation wäre unklarer und der Leser müsste seine Emotionen auf zwei Menschen aufteilen. Geteiltes Leid ist halbes Leid, sagt das Sprichwort. Geteilter Horror ist eben auch nur halber Horror - und halber Lesegenuss obendrein.

Einseitiges

Thomas Mann - Verklemmtes und Unverklemmtes

Ein schlechtes Gewissen lässt sich nicht dadurch kurieren, indem man es beständig mit dem es auslösenden Übel füttert. Daher habe ich mich, nicht ohne Qual und übersteigerte Seelenforschung, entschlossen, von der Lektüre weiterer Werke von Thomas Mann abzusehen. Was durchaus ansprechend begann, mit *Der kleine Herrn Friedemann*, mit der *Vorstellung am Abend* und - teilweise - mit dem *Tod in Venedig*, das hat sich leider nicht nur verflüchtigt, sondern in beinahe boshafter Absicht in sein Gegenteil verkehrt. Nicht selten habe ich mich gefragt, ob meine Leseerwartung eine falsche oder übersteigerte ist, doch kann ich das unmöglich bejahen. Er ist ja nicht der einzige aus dieser Zeit, den ich gelesen habe, und ich kann mir unumwunden zugestehen, dass ich manche seiner Zeitgenossen von der Handlungsführung, von der Präzision der Prosa und von der letztlichen Sinnaussage des Werkes höher einstufe. Doch wie sollte man diesen subjektiven Zustand am treffsichersten illustrieren, wie soll man so wirre und flüchtige und rasch wandelbare Eindrücke, auf Papier gebannt, anderen fremden Menschen nicht nur mitteilen, sondern auch noch rechtfertigend und beinahe anklagend davorstehen und ausrufen: Ja, so ist es!

Am besten, so habe ich mir gedacht, mache ich es wie er, und wende seinen Stil (gewiss nur als faden Abklatsch) auf diese essayhafte Einseitigkeit an. Und siehe, so wie diese Rezension am Anfang als gestelztes und ungelenkes Etwas dahergewankt kommt, so stolziert auch die Mann′sche Prosa vor meinen Augen daher.

Eine Erzählung sollte ein geradlinig dahinfließender Strom sein, vielleicht quirlig-verspielt, vielleicht mitreißend ohne dem Leser Atem zu lassen. Natürlich darf ein Roman dagegen eher in die Breite gehen, er muss es sogar, sonst gerät er allzu leicht in das Kielwasser der Seichtigkeit und der Unoriginalität. Das Problem der Mann′schen Romane besteht allerdings darin, dass sie gewissermaßen nicht an sich halten können. Sie ufern aus. Keine Unebenheit des Ufers bleibt verschont. Sofort quellen die Worte darüber hinweg und bilden einen neuen Nebenarm, eine Abzweigung, die sich allerdings nicht auf handelnde, konfliktträchtige Figuren erstreckt, sondern in ich-fixierter Verspieltheit verbleibt. Es sind somit tote Nebenarme, literarische Sackgassen, in die sich Thomas Mann des öfteren verliert. Personen und Örtlichkeiten werden überdeterminiert und bis ins Detail ausgeleuchtet. Da gewinnt jede Kleinigkeit eine ungeheure Wichtigkeit: die Art, wie der Schnurrbart hochgezwirbelt ist, oder das Arrangement von Konfekt in einer Silberschale. Jedoch ist diese Wichtigkeit nicht gerechtfertigt, denn: sie ist bedeutungslos. Gerade durch die Detailbesessenheit nimmt er dem Leser die Möglichkeit, die Figuren und die Szenerie selbst auszuleuchten. Thomas Mann reißt dem Leser die Kerze aus der Hand und führt denselben eigenhändig durch sein mit Schnörkel und Vorsprüngen überfrachtetes Haus. Und damit vergeht dem entdeckungslustigen, auf Suggestion harrenden Leser die Lust an der Lektüre. Die ganze Tragik dieser Vorgehensweise wird deutlich, wenn man diese Beschreibungen aufmerksam liest. Wie kunstfertig und geistreich sie gestaltet sind! Wie originell die Wortwahl! Aber er hätte sein Talent auch auf die Dramaturgie anwenden sollen. Denn, und dies ist der zweite Punkt, so offen er Äußerlichkeiten von Personen und Örtlichkeiten darstellt, so dürr sind die Figuren in ihrem Innersten. Da ist kaum einmal eine Person aus Fleisch und Blut, kein Protagonist, der leidet und kämpft und der sich in Widerstände verstrickt. Alles bleibt aseptisch, wird allzuoft ins Ironische umgeleitet, die Personen sind oberflächlich, der Leser bleibt ohne Identifikationsfigur, er fühlt sich fast wie im Wachsfigurenkabinett.

Konnte oder wollte Thomas Mann nicht anders? Es wäre ungerecht, verkürzend über diesen Meister der Breite zu urteilen. Dennoch steht mein Spruch fest: Indem er seine Figuren nicht ernst nehmen kann und sie als Papiergestalten belässt, beleidigt er den Leser und bringt ihn (und auch sich) um Vergnügen und Tiefgang. Schade - nie war eine größere Chance vergeben.

Javier Marias - Breite und Tiefe

Javier Marias ist der bessere Thomas Mann. Aber schon dieser Vergleich wäre eine Herabsetzung für den Spanier. Was macht er richtig, was dem Lübecker misslingt? Auch Marias ist ein Mann der erzählerischen Breite. So lässt er eine Frau über hundert Seiten sterben, ohne dass es langweilt oder affektiert wirkt. Um es mit einem paradoxen Ausspruch zu sagen: Marias erzählt breit, aber in der nötigen Begrenztheit. Er pickt sich eine Begebenheit heraus und lässt seine Gedanken um sie kreisen, fügt spielerisch Aphoristisches mit ein, seziert, nimmt einzelne Partikelchen der Handlung oder Personen heraus, und (wie in einem Hologramm) spiegeln sich darin die mitunter widersprüchlichsten Facetten.

Tiefgang lässt sich wohl nur durch Konzentration auf einen begrenzten Personen- und Wirkungskreis erreichen. Da ist kein überladenes, dünkelhaftes Verweilen bei Banalitäten. Alles hat seine Bedeutung, alles ist ökonomisch und doch mit schlafwandlerischer Sicherheit komponiert. Nie kommt man in Versuchung zu fragen: Wie kommt er darauf? Wie hat er den Übergang hingekriegt? Die Romane fließen wie selbstverständlich dahin, sie fließen, sie zerfließen nicht. Und an ihrem Ende möchten man am liebsten wieder von vorne anfangen, denn ein Ende haben sie nicht; wie die in ihren Schwanz verbissene Schlange sind sie kreisförmig angelegt.

Verstärkt wird dieser (kalkulierte, aber nicht kokettierende) Effekt durch die Erzählperspektive. Es handelt sich stets um Ich-Erzähler, die rückblickend von einem bestimmten Abschnitt ihres Lebens berichten. Aber Abschnitt ist wieder das falsche Wort, da bei Marias alles so übergangslos ineinander greift. Da gibt es keine Plötzlichkeit, keine Effekthascherei. Und doch ist ständig Spannung präsent, immer lauert man auf die nächsten Worte (Eingeständnisse, Vermutungen, Obsessionen).

Marias Sprache ist kunstvoll, sie ist magisch, sie ist selbst-referenziell. Sie hypnotisiert, sie kreiselt, sie ist ein eigenständiges Spannungsmoment. Und doch bleibt dem Leser noch genügend Raum. Marias quetscht ihn nicht in ein kümmerliches Eckchen wie Thomas Mann. In seiner Konzeption erlangt man den Rang des Mitverschwörers und des Mitentdeckers des Ich-Erzählers. Die Romane sind erfrischend unchronologisch geschrieben (wie auch Raabes *Stopfkuchen*), ohne dabei zu verwirren. Sie leuchten Motive auf verschiedenen Zeitebenen aus, sie lassen bestürzende Parallelen entdecken, sie offenbaren Hilflosigkeit anhand sich schicksalshaft vollziehender Handlungen. Behutsam gleitet der Leser in diese Welten hinein, er durchschreitet ein Spiegelkabinett, in dem sich erst auf den letzten Seiten die Dinge zu einem vollständigen Bild zusammenfügen, wo alles, was zuvor als Nebenhandlung, als rätselhaftes Topoi erschien, nun fusioniert wird zu einem grandiosen Gemälde.

Marias ist ein Meister des Hypothetischen. Seine Figuren bewegen sich in konditionalen Welten, sie misstrauen der Vergangenheit, sie spekulieren über die Zukunft und verlieren dabei die Gegenwart aus den Augen. Sie wirken äußerlich gefesselt, innerlich zerrissen. Durch die Erzählperspektive der Rückblende erlangen selbst kleinste Nebensächlichkeiten eine prophetische Bedeutung. In seiner Bestürzung oder Nicht-Erklärbarkeit fixiert sich der Erinnernde auf solche Nebensächlichkeiten wie z.B. einen Schwarz-Weiß-Film im Fernsehen, der läuft, während eine Frau in seinen Armen stirbt. Und in diesen Winzigkeiten findet dann das eigentlich Tragische, Große seinen eigenen Ausdruck.

Marias geht sogar so weit, dass dieses Hypothetische zum Bestimmenden einer Erzählung werden kann, wie in *Während die Frauen schlafen*. Dem Erzähler wird in der Nacht von einem mysteriösen Mann am Swimming-Pool dessen seltsames Eheleben erzählt. Weil diese Erzählung (und die Interpretation durch den Zuhörenden) lückenhaft bleibt, bewegen sich alle Figuren (und der Leser) in einer Art quantenmechanischem Raum. Wir werden unter Marias Feder zu einer Art Schrödingers Katze, die nicht weiß, ob sie lebt oder schon tot ist.

Cervantes - Vom Nebeneinander

Da haben wir das gleich-ungleiche Paar, das uns so vertraut scheint, dass man es kaum wagt, sich ihm unverbraucht zu nähern: Don Quijote und sein Schildknappe Sancho Pansa. Die beiden sind schon lange in das eingegangen, was die einen das „mythische Selbstbewusstsein Europas" nennen - das ich aber eher mit dem Begriff „Popkultur" beschreiben möchte, denn der Durchschnittseuropäer (der Spanier vielleicht ausgenommen) hat den „Don Quijote" eben nicht gelesen und kennt ihn daher nur aus der Verballhornung, die mit ihm seit Jahrzehnten und -hunderten getrieben wird. Was also ist an Substanz vorhanden, was steht hinter dem „Mythos", hinter der Klischeevorstellung?

Der Einstieg in das Buch ist erstaunlich: Haben wir doch einen Autor, der über das Geschriebene (sein Geschriebenes) lächelnd schwadroniert, die eigenen Fehlerchen sieht (sich dadurch menschlich, ehrlich gibt), zugleich über die Scheingelehrtheit seiner Kollegen jammert und flehend nach einer Möglichkeit sucht, sein eigenes Werk so zu verpacken, dass es mit der Konkurrenz wetteifern kann. Die Sorge um die dem Buch vorangestellten Sonette, Lobreden, Verweise (also sein Design) bauscht er parodistisch so auf, dass sie ihm wichtiger erscheinen als der Text selbst. Mit diesem Diskurs (und dem nachfolgenden Aufzeigen der Lächerlichkeit der Konkurrenz) stellt er sich haushoch über den herrschenden Zeitgeist, also auch über die Lesererwartung. Dieser emanzipatorische Akt wird auch im eigentlichen Roman zunächst fortgesetzt: Unverblümt, schelmenhaft und doch gelassen, wie von höherer Warte, zeigt er uns den Helden des Buches, einen verarmten Junker, dessen „Hirn weich geworden ist durch das Lesen vieler Ritterromane". Erfrischend lässt sich die Handlung an, die Figuren sind kräftig gezeichnet, die ersten Abenteuer gilt es zu bestehen --- doch dann, nach und nach, ändert das Buch sein Thema, seine Zielrichtung. Was begann als ein Nebeneinander von Burleseke und Hochliteratur und sich kongenial fortsetzte als ein Nebeneinander von Weltvorstellungen, driftet nun plötzlich ab. Nicht mehr geht es um das konfliktreiche Zusammentreffen von Don Quijotes Wahn und der Wirklichkeit, nicht mehr geht es darum, wie die Welt versucht, sich ihm anzupassen und seine Narrheiten bis zu einem gewissen Grad verzeiht oder sie sogar fördert, nicht mehr geht es darum, dass auch die anderen Figuren in dem Roman eine Verhaltensweise zeigen, die neben der Realität steht (der Barbier, der Pfarrer), sondern es nimmt der Einbau von langatmigen, vorhersehbaren Binnenerzählungen überhand. Man kann sehen, wie diese Episodennovellen buchstäblich degenerieren: die Erzählung von der einsamen, geliebt-gehassten Schäferin spielt noch mit dem ersten Motiv des Buches, dem Konflikt von Einbildung und Realität; dann drängen sich mehr und mehr kitschige Erzählungen in den Roman, verwässern ihn, machen sein hohes Anliegen zunichte. Nun dominieren jene Figuren, über die sich der Roman zunächst lustig gemacht hat: edle, hochperfekte, transzendental schöne Menschen, die das Schicksal ebenso schnell auseinanderführt wie es sie dann urplötzlich in einer Wirtshausschenke zum Happy-End vereint.

Man hätte Cervantes einen Lektor gewünscht, einen rigorosen, unbarmherzigen, der ihm die Pistole auf die Brust hätte drücken sollen, um ihn vor die Wahl zu stellen: Was für einen Roman willst du überhaupt schreiben? Den, den du zu Anfang wolltest, oder doch nur eine lose Novellensammlung, für die es zu schade ist, einen derart vielversprechenden Rahmen zu ziehen? Diesen Lektor hat es wohl nicht gegeben, und so verraucht alle Kunstfertigkeit Cervantes, verrauchen zum Glück auch seine Naivitäten über Edelmut und Soldatentum, und es bleibt, zu Recht, heute und vermutlich auch in Zukunft, die Popfigur des Don Quijote übrig, jener Ritter von der traurigen Gestalt, der sich jetzt endgültig katapultiert sieht, nicht nur aus der Realität im Buch, sondern sogar aus dem Buch selbst. Er steht nun außerhalb des Romans, hat das endgültige, nicht mehr zu überbrückende Nebeneinander erreicht. Schade, dass es dort keine Abenteuer mehr zu bestehen gibt.

Graham Greene - Gratwandler

Eine verborgene Neigung zum Kriminalroman muss bei mir immer vorhanden gewesen sein, zwangsläufig, denn alle Literatur (auch und vor allem die Große und die Echte) muss kriminalistische Züge tragen. Anders ließe sich kein Leser bei der Stange halten. Das Verlangen, zu erfahren, wie ein Konflikt aufgelöst wird, oder wie etwas, das zu einer bereits erwähnten Katastrophe geführt hat, begann, dieses Verlangen steckt in allen Lesern und lässt uns die Zeilen überfliegen und die Seiten umblättern. Und mag sich auch mancher Schöngeist nur an der Form eines Romans ergötzen oder an seinem politischen Subtext und dergleichen Narrheiten, wir lesen letztlich aus Neugier, aus der Begierde, mehr zu erfahren, Gefühle und Landschaften verschlingend, Beschreibungen, Anklagen, Aphorismen, Charakterskizzen - alles reizt und stillt unseren Hunger gleichermaßen. Es gibt Schreibende, die uns das alles im Übermaß und stark gewürzt vorlegen, uns womöglich mit Süßspeisen überfüttern oder uns mit einer Portion Extra Scharf beeindrucken wollen. Ebenso wie in der leibhaftigen Ernährung gilt auch hier: Einseitiges ist ungesund. Im Falle von Romanen ließe sich hinzufügen: Einseitiges ist trivial. Glücklich kann sich daher der Autor schätzen, der uns mit einem klug ausgetüftelten Menü bedient, dessen Gänge logisch und dionysisch aufeinander aufbauen; ein Autor, der unseren Hunger auf lautere und gesunde Weise fördert. Eines dieser seltenen Glückskinder ist Graham Greene.

Ihm mag man manchen Missgriff verzeihen, denn die Zubereitung eines Romans kann (wie in der realen Küche) auch mit Ungenießbarem enden. Doch das Gelungene überwiegt. In seinen besten Romanen rast die Handlung voran. Man möchte am liebsten innehalten und sich manche Szene nochmals auf der

Zunge zergehen lassen, an manchem Gedanken nochmals genießerisch nippen - doch schon reißt uns Greene das Servierte vom Tisch und trägt etwas Neues auf, nein, etwas auf das Alte Aufbauende, denn er ist kein Blender, sondern jemand, der die Gewichtigkeit jedes Bestandteils seines Romans kennt. Diese Romane sind wie in Eile geschrieben, und doch setzt er uns kein Fast-Food vor. Vielmehr sind sie eine Art Essenz von Werken, die andere Autoren weitscheifig und überladen gestaltet hätten, barock, üppig, sodbrennerisch. Greene dagegen weiß um die Vorzüge einer leichten Küche. Kalkuliert setzt er die Effekte. Der Leser kann sein Behagen nicht wohlig genießen, da er der Ankunft von etwas noch Besserem harrt.

Wie knapp seine Dialoge sind! Würde man sich vom Schriftbild täuschen lassen, so würde man Greene schnell in die triviale Schublade des Kriminalschriftstellers stecken. Dass dem nicht so ist und nicht sein darf, das beweisen die wie beiläufig eingestreuten Beobachtungen, die oftmals resignativen oder melancholischen Gedanken seiner (nicht sehr heldenhaften) Helden. Diese Protagonisten sind oft Spielball äußerer Wirren; ihre Unbedarftheit nutzt Greene aus, um sie in immer neuen Konstellationen mit den Nebenfiguren zusammentreffen zu lassen. Es ist ein ständiges Kombinieren, Suchen, Rätseln, Entwirren. Umso sympathischer erscheint uns Greene, dass er nicht damit kokettiert, die Lösung bereits zu wissen. Im Gegensatz zu vielen anderen seiner Zunft haben seine Romane etwas Bescheidenes, als suchten sie geradezu zu verhindern, dass hinter ihnen ein allwissender (oder besserwissender) Autor steht. Greene gewährt seinen Romanen ihre eigene Mündigkeit, er fällt ihnen nicht ins Wort, zerstört sie nicht durch kokettierende Intermezzi. Damit einher geht die wunderbar erzeugte Illusion, dass der Leser nicht mehr zu wissen glaubt als der Erzähler. Eine fast erhebende Einheit von Erzähler, Erzähltem und Leser bildet sich im Prozess des Lesens aus und steigert die Spannung. Wie ein Schlitten im Schnee, gelenkt durch scheinbar leichte Gewichtsverlagerungen, so sausen wir durch den Roman, atemlos, bezaubert, gelähmt, beglückt. Aber erst wenn die Fahrt zu Ende ist, wenn wir auch innerlich inne halten, erkennen wir den wahren, hinter dem Glitzern liegenden Wert des Erlebten.

Wilhelm Raabe - Unter der Hecke

Fallen wir gleich mit der Tür ins Haus: *Stopfkuchen* ist einer der besten deutschsprachigen Romane des 19. Jahrhunderts. Da haben wir mit dem Titelhelden, dessen bürgerlicher Name Heinrich Schaumann ebenso sprechend-bildhaft (aber nicht so eingängig) ist wie „Stopfkuchen", eine wahrhaft neuartige Figur. Er ist einerseits ein Weltverächter, ein Überspannter, ein Lebensuntüchtiger, entwickelt sich aber im Roman zu einem Weltbezwinger, einem Weisen, Richter, mit fast biblischer Größe. Nicht umsonst hängt Gottes Befehl an Noah: „Gehe aus deinem Kasten" als Spruch über seiner Türe. Treffender wäre vielleicht gewesen „Krieche unter deiner Hecke hervor", denn unter der Hecke war Stopfkuchens Lieblingsort, der Ort des Trägen, Übergewichtigen, Verspotteten, und von dort, unter der Hecke, erschaut sich Heinrich Schaumann sein Weltbild, seziert und analysiert es, lässt die vermeintlich Starken laufen und rennen, so seinen Freund Eduard letztlich nach Südafrika oder den Landbriefträger Störzer fünfmal um die Erde, wenn man seine Postbotengänge aufsummiert. Und letztlich kriecht er von dort hervor, begibt sich von der schützenden Hecke in die schützende Rote Schanze, wo er jene Menschenfreundlichkeit und Toleranz lebt, die man ihm draußen, in der bürgerlichen Welt, verweigert. Dass er nicht als weltflüchtender Einsiedler verkommt, dafür sorgen sein Scharfsinn und sein Humor, klärt er doch letztlich die Mordgeschichte Kienbaums auf.

Nicht allein die Figur Stopfkuchens hebt den Roman über seinesgleichen hinaus, es ist vor allem die Erzählstruktur. Wenn man heutzutage in den Feuilletons blättert und die endlosen Zeilen über den postmodernen Roman liest, über dessen Sich-Selbst-Überleben usw., dann muss man sich wundern, weshalb diese nutzfreien Gedanken nicht schon hundert Jahre alt sind. In der Tat haben wir mit „Stopfkuchen" einen Roman vor uns, der sämtliche Regeln bricht und der Buddenbrook & Co. noch biederer erscheinen lässt als sie es ohnehin sind. „Stopfkuchen" vereint mehrere Kreis- oder Spiralbewegungen: Das fast enervierend langatmige Monologisieren der Titelfigur, die nie richtig auf den Punkt zu kommen scheint und ihren vermeintlich interessanteren Gesprächspartner (den weitgereisten Eduard) nie zu Wort kommen lässt. Außerdem das leitmotivische Auftauchen von Störzer, dem Postboten, der in der Erzählstruktur (wie in der Realität) läuft, auftaucht, verschwindet und wieder auftaucht. Andere Leitmotive wie die „Hecke", die „Rote Schanze" oder „Kienbaums Mörder" tauchen immer wieder auf, ohne jedoch den Leser den vollen Bezug erkennen zu lassen. Erst mit der fortschreitenden Erzählung Stopfkuchens fügen sich die Kreisbewegungen zusammen, vereinigen sich quasi zu Planeten, die um die Sonne der „Auflösung" zirkulieren. Und dann setzt jenes Gefühl beim Leser ein, das nur ein bestechend geschriebenes Buch vermitteln kann: jenes Erbeben, jene Gänsehaut, dass man die ganze Zeit Zeuge von etwas Außergewöhnlichem, Tief-Bewegendem war, etwas, dessen Größe man erst in letzter Sekunde (in der Auflösung) erkennt und das einen Glanz entwickelt, der rückstrahlt auf die vorherigen hundert oder zweihundert Seiten.

Umso verwunderlicher erscheint es, dass der *Stopfkuchen* kaum einen Platz im Literaturkanon findet. Dort tummeln sich noch die Goethes und Fontanes, nicht aber Perlen wie Raabe oder auch Keyserling. Liegt es daran, dass der *Stopfkuchen* mit einer der unverständlich-störendsten ersten Seite beginnt, die man sich nur vorstellen kann, und die so überhaupt nicht repräsentativ ist für das restliche Buch? Liegt es an Raabes Frühwerken, dass man ihn nicht anders kennen will, obwohl er mit den *Akten des Vogelsangs* ein ebenfalls starkes, wenn auch nicht so geniales Buch wie den *Stopfkuchen* nachgelegt hat? Traurig ist außerdem, dass der

Stopfkuchen nur als Reclam-Büchlein verfügbar ist. Da deckt der Sand der Zeit gerade ein Buch und einen Autor zu, den künftige Germanisten wieder unter Mühen ausgraben und neu analysieren müssen.

Wilkie Collins - Der mit vielen Stimmen spricht

Es gibt sie also doch, die gehobene Spannungsliteratur, zumindest in Form des „Monddiamanten". Was ist der Autor dieser kritischen Zeilen nicht schon an Buchregalen entlanggekrochen, auf der Suche nach Spannung ohne die üblichen Trivial-Zutaten. Dass er es ausgerechnet unter einem wahrhaft kitschigen Cover findet, hätte er nicht zu hoffen gewagt.

Der Monddiamant also, ein voluminöses, aber stets kurzweiliges Buch, ein Buch, das aus vielen Einzelbüchern bzw. -berichten besteht. Der Glanz des „Monddiamanten" manifestiert sich darin, dass die Geschichte seines Verschwindens und Wiederauftauchens von verschiedenen Personen erzählt wird, die alle zu bestimmten Zeitpunkten mit ihm bzw. den von ihm ausgelösten Verwicklungen in Berührung kamen. Hier schwingt kein auktorialer Erzähler sein Zepter, hier haben wir es auch nicht mit einem süßlichen Stil wie in *Die Frau in Weiß* zu tun (in der miserablen Übersetzung von Arno Schmidt). *Der Monddiamant* ist ein reifes, kühl kalkuliertes, straff erzähltes Werk, spannend, unterhaltsam, zuweilen witzig, zuweilen mysteriös.

Es setzt ein mit dem nüchternen, aber packenden Bericht, wie der Edelstein in den Besitz einer englischen Adelsfamilie kam. Nach diesem Prolog setzt die eigentliche Serie an Berichten ein, begonnen von Gabriel Betteredge, einem Diener jener Familie, der aus seiner siebzigjährigen Weisheit (zuweilen auch Störrigkeit) von dem Verschwinden des Diamanten erzählt. Schon dieser erste Bericht wäre als Buch ein Vergnügen. Hier werden alle Handlungsfäden eröffnet, hier erfolgt die subjektive Charakterisierung der Hauptfiguren, hier haben wir einen selbstironischen, aber kleinbürgerlich-stolzen Erzähler, der uns zweihundert Seiten lang zu fesseln versteht. Danach folgt eine Reihe von mehr

oder weniger kurzen Berichten, solchen die karikaturesk über-
zeichnet sind wie der von Drusilla Clack, einer missionierenden
ältlichen Jungfer, oder der des nüchternen Anwalts Bruff. Jeder
Bericht führt den Bericht des Vorgängers chronologisch fort und
ergänzt diesen, nicht ohne dem Vorgänger (oder dem Vorvor-
gänger) zu widersprechen, was z.B. die Motive oder den Charakter mancher Figuren angeht. So ergibt sich ein Patchwork
verschiedener Perspektiven, das den Leser über viele falsche
Fährten zu der überraschenden Auflösung des Falles führt. Stark
ist der Roman in der Zeichnung vieler Figuren, vor allem der des
rosenzüchtenden Inspektors Cuff, der leider keine tragende Rolle
in dem Fall spielt (ansonsten hätte er Konkurrent von Sherlock
Holmes sein können); aber auch Personen wie Ezra Jennings, der
außenseiterische Arzt, und John Herncastle, der den Diamant als
Offizier unter verbrecherischen Umständen nach England gebracht hat, sind psychologisch reizvoll (und meisterhaft) gestaltet.

Der „Held" der Geschichte, Franklin Blake, ist zum Glück
nicht allzu heldenhaft; sein unvermeidliches Happy End mit Rachel Verinder ebenfallls zum Glück nicht allzu süßlich. So bleibt
im Gedächtnis Raum für den Monddiamanten, den heimlichen
Helden der Erzählung, der auftaucht, dann lange, lange verschwunden ist und zum Schluss versöhnlich wieder erscheint,
dort, wo er hingehört, und die Kette an Verbrechen, Verwirrun-
gen und Verdächtigungen beendet. Der Kreis schließt sich für
den Monddiamanten, er kehrt zu seinem Ursprung zurück, er
bleibt unverändert in seiner mineralischen Unverwundbarkeit
(trotz der vorübergehenden Befürchtung, er werde gespalten),
aber die Menschen, die nur aus schwachem Fleisch und Blut
sind, kommen verändert aus der Erzählung hervor: zum Besseren, Heiteren verändert wie bei Franklin Blake und Rachel Verinder, oder zum Tragischen wie bei Rosanna Spearman oder bei
Dr. Candy (wieder eine der gelungenen Nebenfiguren). Das Rad

der Zeit (und des Glücks) dreht und dreht sich für den Menschen und allzu oft wird er zum Opfer bestimmt, vordergründig zum Opfer von Gewinnsucht und Besitzerstolz, hintergründig zum Opfer eines überirdischen Diamanten, der von seiner Zerstörungskraft nichts weiß und nichts wissen kann.

REISE-REPORTAGEN

In einer Gruppe auf Kultur-Reise

Andalusien (2005)

Malaga, Torremolinos

Nur eines ist schneller als die Lichtgeschwindigkeit: das Auf-
schießen von Vorurteilen. Ein Blick, ein Ton, eine Geste genügen
und schon ist der Richterspruch über Charakter und Sympathie
gefällt.

Nur eines ist härter und fester als Diamant: die Beständigkeit
von Vorurteilen - zumindest für den heutigen Abend sind sie ze-
mentiert und morgen werden wir sie zum Frühstück mit hinun-
ternehmen und argwöhnisch oder eifernd oder auch nur lauernd
alles beobachten und bestätigt finden, was unser Vorurteil weiter
untermauern wird. Wir werden uns damit in den Bus begeben,
und es wird neben uns Platz nehmen, und wann immer wir den
Kopf wenden, um einen Ausblick zu genießen oder einer Ausführung des Reiseleiters zu folgen, dann wird auch das Vorurteil
sein Haupt neigen und seine Ohren spitzen. Es wird nicht nur
unser Schatten, es wird fast unser Abbild sein - wenn auch nur
das Bild eines kleinen Ausschnittes von uns, aber das genügt,
denn es wird den Rest von uns dominieren, wird sich unter die
anderen Gedanken mischen, das Vorurteil kann nicht allein sein,
es braucht Verbündete, es knüpft diplomatische Kontakte mit anderen Meinungen unseres Verstandes, es bietet bilatere Abkom-
men, Bündisverträge an - und das alles mit dem Zweck, die arg-
losen, neutralen Gedanken unseres Verstandes schließlich hinter-
rücks zu überfallen und im Blitzkrieg zu erobern. Dann setzt die
Re-Education ein, Bisheriges wird umgedeutet, neue Lichter fallen auf alte Sachverhalte. Das Vorurteil gießt alten Wein in neue
Schläuche. Es errichtet Vasallenbündnisse in unseren Hirnwin-
dungen, es okkupiert und usurpiert, und wenn wir uns nicht da-

gegen erwehren, so vernetzt es sich mit allem Verstand, den wir haben, lässt diesen im Prozess dieser Vernetzung allerdings zusammenschrumpfen (denn das Vorurteil ist höchst ökonomisch: es kommt mit wenigen Weisheiten aus, es belastet somit nicht allzu sehr unsere intellektuellen Kapazitäten, es schont uns, so wie ein kluger Parasit seinen Wirt nicht umbringt, sondern in seinem Befall weiter gedeihen lässt). Schließlich SIND wir selbst zum Vorurteil geworden; nun sitzt es selbst feist und strahlend am Frühstückstisch, nun glotzt es selbst zum Fenster hinaus, und wenn es durch unseren Mund (nein: seinen Mund) spricht, dann sucht es, wie ein eifriger Parasit es zu tun pflegt, neue Verbündete - nun nicht mehr in Form von Gedanken in einem Menschen, sondern in anderen Menschen. Es streut und streut und sät sich aus, bei jedem Kontakt, jedem Wort und jeder Geste. Es liegt auf der Lauer wie eine Zecke und schaut und wittert, wen es anspringen kann. Und in einem höchst merkwürdigen, selbst-referenziellen Akt kann es uns dazu bringen, dass wir durch unser Verhalten, unsere Sprache, unsere Meinung andere Menschen dazu verleiten, ein vorschnelles Urteil über uns zu fällen (quasi unserem limitierten Repertoire entgegenkommend), und dass es somit nicht nur sich selbst repliziert, sondern auch als Starterkultur für neue Vorurteile dient (statt bloßer Sprossung also eine Art reproduktiver Vermehrung), und es kann uns dann auch nicht trösten, dass dieses Vorurteil zumindest ein bisschen gerechtfertigt ist - haben wir ihm doch allen unseren Verstand preisgegeben. Worin nun mein spezielles Vorurteil dieses Abends bestand, das möchte ich erst morgen aufzeichnen. Ich will ihm nicht schon jetzt Raum und Muße geben, sich in mir auszubreiten, ich will es in Quarantäne halten - bis morgen - und dann wird das Körnchen Wahrheit (sollte eines darin verborgen sein) schonungslos daraus exzerpiert.

Malaga, Marbella, Ronda

Ist Mäßigung oder das Maß-Halten (allerdings nicht das Bayerische) nicht eine Tugend? Vielleicht sogar eine Kardinaltugend, so wie es Sünden und Todsünden gibt; selbst in der Moral gibt es noch die erste und zweite Klasse, es ist eine Klassengesellschaft, im Zug, im Sozialen, in den Krankenk(l)assen, und auch in der Moral. Falls nun die Mäßigung eine Tugend darstellt, dann habe ich gestern eine Tugend begangen (begeht man Tugenden, so wie man Sünden begeht? Oder HAT man sie einfach, oder übt man sie aus, wie ein Recht, ein Schwert, das man meist nur zur Dekoration mit sich herumträgt und nur bei Bedarf zieht, um den Sündendrachen zu zerspießen?). Jedenfalls habe ich mich tugendhaft verhalten, als ich gestern meine Vorurteile ausgebremst habe, denn - siehe da - es ist doch nicht alles so schlimm, wie es zunächst erschien, und wenn man die Dinge im Lichte des kommenden Tages betrachtet bzw. dem betreffenden Menschen ein bisschen mehr Zeit zur Bewährung gibt, dann hat sich das, zumindest im konkreten Fall des Hier und Heute, gelohnt.

Der Reiseleiter, ein gewisser Erko J. (für uns Spanier heißt er Felipe), ist zwar ein Clown und milder Zyniker, aber - mehr auch nicht. Er versteht etwas von seinem Beruf (zumindest vom Fachlichen), er hat uns gut durch den ersten Tag gelotst, und wenn wir auch vom Ereignisreichtum und vor allem von der Hitze erschlagen sind, so hat er doch keine Anzeichen von Müdigkeit, Lustlosigkeit, Überreiztheit oder gar Langeweile sich anmerken lassen.

Nach dem Verlassen von Torremolinos, einer Rundfahrt (kein -gang) durch Malaga und einem Abstecher in den Yachthafen von Marbella, strebten wir unserem eigentlichen Ziel, der Festungsstadt Ronda zu, hoch gelegen in den Bergen. Eine lange, kurvenreiche Fahrt, bei der sich der Bus eine zunehmend karstige Landschaft in Serpentinen die Berge hochgequält hat, mündete zunächst in eine Rast bei Melone und Schinken (und einer eiskalten Gemüsesuppe). Wissenswertes über Spaniens „Frühgeschichte", d.h. im Zeitraffer durch Phönizier, Karthager, Römer, Völkerwanderung, Westgoten, dem Ruf nach Soldaten des Kalifen von Damaskus, das Aufschwingen des Heerführers des Kalifen zum ersten muslimischen Herrscher (ein Putsch, fahrlässig ausgelöst durch das Herbeiholen einer Soldatenmacht durch einen kleinen König im Eifer der zersplitterten Machtverhältnisse im westgotischen Spanien). Dann Zerschlagung dieses Herrschaftsgebietes durch den Kalifen und Aufteilung in kleinere Fürstentümer, nachfolgend deren Eroberung durch den letzten christlichen Rest in Nordspanien. Erneute Muslimisierung durch die Nasriden, die Erschaffung eines Reiches von Marokko bis Andalusien. Dann die eigentliche *Reconquista*, wieder vom letzten nördlichen Christenrest, bis schließlich Isabella (und Ferdinand) Sevilla, die kulturelle Hochburg, erobern, und nur ein kleines, tributpflichtiges Restchen von Muslimen um Granada übrig bleibt. Stichtag 2. Jan. 1492: Granada christlich. Die landhungrigen Soldaten werden (da das eroberte Territorium klein ist) auf etwas vertröstet, das noch rein spekulativ ist: die Expedition und Landeinnahme eines gewissen Kolumbus.

Nach der Rast bei Melone und Schinken weiter nach Ronda, erbaut auf steilem Fels: Besichtigung der Kirche (Ex-Moschee), ein Hybrid aus Renaissance-Bau und später angepapptem barockem Teil. Hochaltar aus rotem Pinienholz. Die Madonna, die in der Karwoche noch durch die Stadt prozessiert wurde, steht nun, wie aus dem Wachsfigurenkabinett entflohen, in einer Ecke neben dem Chorgestühl.

Eigentlicher Höhepunkt: die *Plaza de Toros*. Stierkampfarena. Schmuckes Rund, wie ein Amphitheater, 5000 Plätze, mit Präsidentenbalkon, wo (wie ein Cäsar) der Entscheider thront und urteilt, ob der Stier gut war (oder nicht, dann winkt das grüne Taschentuch), ob der Torero aufgrund seiner Langsamkeit verwarnt wird (rotes Tuch) oder ob dem Matador nach geglücktem Todesstoß erlaubt ist, sich Ohren und Schwanz des Stieres abzuschneiden, um selbige triumphierend dem Publikum zu zeigen: ein primitiv magischer Akt, auf dass die Teilhabe der Zuschauer sich verstärkte.

Der Stier, das eigentliche Opfer des ganzen Prozedere, wird in den Worten des Reiseleiters fast zum Profiteur umgedeutet: fünf glückliche Jahre auf der Weide, beglückende Momente mit Kühen, feiste Ernährung, beste Umsorgung in der Gladiatoren-/ Stierschule, wo die Tiere (5000 Euro das Stück) auf ihren kurzen Kampf vor dem Tod vorbereitet werden.

Das Ganze ist ein hoch artifizieller und ritualisierter Prozess, mit Gesten und Bewegungen und Kennerwissen, eine richtige magische Handlung eben, die nur dem Eingeweihten deutbar ist, und in dem die Matadore (jockeyhafte Federlinge) sich paradoxerweise zum Mannesideal aufschwingen können, weil sie dem kraftvollen Stier eines voraushaben: Wendigkeit, Intelligenz und Waffen (genauer: bewegliche Waffen, denn der Stier verfügt in Form seiner Hörner schließlich auch über Waffen, wenn auch immobile). Es könnte nun eine lange, geistreiche Abhandlung folgen über männliches Rollenverhalten, Ideale, Riten, die Absurditäten, die daraus entstehen, sobald eine Art Kult (und nun: eine Industrie) daraus entstehen, vor allem aber die leidvolle Rolle des Tieres, das zum Über-Tier deklariert wird oder besser: zum Es-Menschen, dem Archaischen, das es zu besiegen und zu transformieren und zu opfern gilt (nicht zu vergessen: der Spaßfaktor, der Rausch zu töten, der natürlich eine Rolle spielt, schließlich sind hier Männer am Werk), die Rolle des Tieres also, das in Vorbereitung seiner Rolle (trotz aller Romantik) doch wieder in den gezwungenen Kreislauf einer Menschenmaschinerie gelangt, wenn diese auch nicht aus Käfighaltung und Schlachthof besteht, sondern aus Selektion auf Hoch- oder Tiefnacken, auf Hufstellung usw. Das Tier also doch wieder als Zucht- und damit Kunstprodukt, artifiziell, im wörtlichsten Sinne überzüchtet, damit also genauso entfremdet von seinem eigentlichen Wesen wie die Henne im Käfig oder die Milchkuh im Stall. Also kein Freispruch wegen Weiden-Romantik, keine Begnadigung wegen fünf angeblich erfüllter Jahre. Das Symbol blendet, das Tier bleibt Werkzeug.

Erko J. zeigte eine oscarreife Vorstellung, imitierte Stier, Matador, Publikum und *Presidente* aufs allerbeste, so dass sogar fremde Touristen staunend stehen blieben, um das Spektakel zu betrachten. Vor dem Abendessen im Hotel: Sangria-Begrüßungstrunk. Eloquenter Erko. Mäßiges Essen (ganze Forelle), weiche Sessel, draußen ein wunderschön lauer, leicht dunstiger Abend, der nur langsam seine Helle verlor - und wir saßen im klimatisierten Speisesaal und ließen die beste Zeit des Tages ausgesperrt. Falsches Timing.

Glücklicherweise noch ein anderes Zimmer bekommen, da sich im ursprünglich vorgesehenen im Bad ein Ameisenfriedhof samt letzter Überlebender befand.

Jerez und Sevilla

Traditionen, Teil zwei. Nach Stierkampf nun Sherry. Die Fabrik, die sich rühmt, den größten Weinkeller Europas zu besitzen (der allerdings kein Keller, sondern eine riesige ebenerdige Halle ist), liegt an einer vielbefahrenen Straße, an der sich noch weitere Fabriken desselben Zweckes angesiedelt haben. Schmucklose, funktionale Betonquader stellen das Firmengebäude dar, das sich etwas verwinkelt (allerdings nur im Umriss) zeigt, während innen, natürlicherweise, ein gähnend offener Raum ist. Mittlerweile englische Besitzer. Die Firma, sei 1877 gegründet worden, erklärt uns eine Dame im Kostüm. Die Räumlichkeiten hier allerdings stammen von 1977. Dazu gehören auch Pferdeställe, in denen die andalusischen Vierbeiner in einzelnen Boxen stehen, über der Tür ihren Namen mit metallenen Lettern auf Holz geprägt. Da ist ein *Majestutos*, da ist ein *Alonso XXV*. Mehr oder weniger interessiert stecken die Pferde die Köpfe heraus, manche mit wild zuckenden Lippen, Nüstern und Zungen, die Vorfreude auf Zuckerwürfel, die allerdings nicht gereicht werden, aber das weiß das Tier nicht. Es lässt seine Augen rollen, es wirft den Kopf hin und her, es leckt sogar den Türstock seines Pferches ab; vegetative Bewegungen zur verzweifelten Suche nach dem Süßen, das fehlt. Die Dame im Kostüm lächelt, sagt: Heute kein Zucker, das ist nicht gut für die Zähne, ich weiß wovon ich spreche, ich war gestern beim Zahnarzt. Und dabei lächelt sie extrabreit und ihr Gebiss (das vielleicht echt, vielleicht falsch, vielleicht ein bisschen von beidem ist), sieht auch tatsächlich wie das eines Pferdes aus, erst jetzt erkennt man die Ähnlichkeit des ganzen Kopfes mit dem eines Pferdes: die schmale Länglichkeit, der heraustretende Kiefer, die seitwärts versetzten Augen, und man fragt sich unwillkürlich, welch magische Beziehung es geben mag zwischen der Dame im Kostüm und den Pferden.

Letzte Woche war *Feria*, das heißt Umzug, Jahrmarkt, da waren die Pferde im Dauereinsatz. Nein, es sind keine Reitpferde, sie sind dazu da, Wagen zu ziehen, Kutschen vermutlich, ursprünglich wohl fässerbeladene Karren, nun nicht mehr, es ist mehr ein Jahrmarkt, trotzdem Tradition, edles Pferdegeschirr, Eisen, Leder, Stoff. Trotzdem, lächelt die Dame, haben sie noch keinen Preis gewonnen, hier in Jerez, für ihren Wagen. Anderswo schon, ja, die Pokale sind von anderen *Feria*, aber hier hatten sie noch kein Glück. Vielleicht schlägt hier Tradition in sein negatives Pendant um: Würden Spanier dem Wagen einer englischen Firma einen Preis geben? Die Dame im Kostüm lächelt tapfer, nicht so breit wie zuvor, aber ihr steht das zukünftige Mühen (und vielleicht auch das Wissen um deren Vergeblichkeit) ins Gesicht geschrieben. Zu einer Box führt sie uns noch. Hier ist das Holzschildchen leer, kein Name prangt darauf. Wir werfen einen Blick hinein. Leere, nicht einmal Stroh, Irritation, erst dann erkennen wir, wie uns aus dem Eckchen gleich links hinter der Tür ein Augenpaar beobachtet. Ein Hündchen (ein Jack Russell?, bestimmt eine englische Rasse) schaut uns aus seiner Winzigkeit heraus an. Wir halten auch Hunde, lächelt die Dame, und dieser hat gerade geworfen. Sie jagen die Mäuse, die sich bei den Fässern herumtreiben. Sie sind besser als Katzen, lächelt die Dame im Kostüm, und ihr Mundwinkel zerrt sich selbst noch eine Kleinigkeit gen Ohr, als sollte dies ein Ausdruck von Liebenswürdigkeit sein, die sie mitteilen möchte, aber das nimmt man ihr nicht ab, der Dame im Kostüm, sie kennt nur diese eine Miene (oder doch nur sehr wenige) und vielleicht ist dies eine Anpassung an ihren Beruf, eine Fassade, die sich fest verbunden hat mit dem, was einmal ihre natürliche Erscheinung war. Vielleicht hat sie diese Gesichtsarmut auch übernommen von den Pferden, die sie täglich sieht, wenn auch nur von weitem, von ihrem Büro aus, oder bei den Führungen, wie jetzt gerade. Vielleicht (und dieser Gedanke birgt zumindest ein wenig Hoffnung in sich, eine Hoffnung, dass nicht alles Menschliche in ihr begraben oder verzerrt ist durch dieses monströse Lächeln), vielleicht ist diese Blecken ihres Gebisses nur eine Folge ihres gestrigen Zahnarztbesuches.

Nach dem imposanten Weinkeller, mit seinen dunklen Fluchten, in denen dreistöckig die Fässer sich stapeln, nach der Verköstigung von verschiedenen Sherrysorten, die aus unterschiedlichen Weinen bzw. Weinmischungen hergestellt wurden und verschieden lange gereift sind, nach der Erklärung der fast magischen Handlung, wie Sherry entsteht (der junge Wein füllt ein Drittel des Fasses des alten Weins auf, damit er von ihm lernt, sich seiner Reife anpasst, damit die Jahrgangsunterschiede der Weinernten sich verwischen, ein fortwährendes Überimpfen, eine alkoholische Kaskade, die von der obersten Etage der Fässer hinuntergeleitet wird zur mittleren und schließlich zum unteren Stockwerk) und nach dem Ende des Lächelns der Dame im Kostüm brechen wir auf, allerdings nicht für lange, und landen bereits im nächsten Lokal, wo wir einen Mittagsimbiss zu uns nehmen, vergeudete Zeit, da wir ja bereits für den Sherry lange herumsaßen, der Tag geht vorüber mit Nichtigkeiten, und so isst man halt eine Schinkentortilla (und ist froh, nicht die überteuerte Schinkenplatte bestellt zu haben, luftgetrockneter Schinken, mehrjährig wie der Sherry, aber viel teurer). Endlich der Aufbruch. Autobahn nach Sevilla. Große Erwartungen. Was passiert? Spaziergang durch einen Park, das Expo-Gelände von 1929, eine verkürzte, verstümmelte Weltausstellung, da die Wirtschaftskrise viele Staaten zur Absage zwang. Dennoch stehen die Gebäude, die für das damalige Ereignis errichtet wurden, noch heute glänzend da, fast wie historisch gewachsen, vor allem der spanische Pavillon, genauer: ein monumentales Halbrund, das in anderen Städten ein Fürstenschloss in den Schatten stellen würde. Und trotzdem, es haftet dem Stein, den Ziegeln, den Kacheln und Brücken etwas Nutzloses an. Es steht in unsichtbarer Schrift auf ihnen geschrieben, dass sie keinen historischen Kern haben. In ihren Mauern wurde nichts erlebt, keine Geschichte geschrieben, es wurden keine Erfindungen gemacht, keine Herzogtümer einverleibt, keine Religionskriege entzündet oder geschlichtet. Es sind brave, rote Ziegel, millionenfach auf- und nebeneinander geschichtet, doch sie fügen sich in der Summe zu nichts Neuem. Es bleibt eine Art ökonomisches Disneyland, entkoppelt von weltgeschichtlicher Bedeutsamkeit. Und so schlendert man teilnahmslos durch diese Gigantomanie, betrachtet die Touristen oder die Einheimischen, die sich in einem der gekachelten Erkerchen fotografieren, in denen jede der spanischen Provinzen sich ein buntes Eckchen geschaffen hat, eine regionale Kachelschau, auf der ein Ereignis der Geschichte der Provinz in Glasur konserviert ist. Man schaut auch den japanischen Hochzeitspaaren staunend hinterher, die sich in voller Montur hier fotografieren lassen. Was reizt an diesem Ort? Oder ziehen die frisch (oder gar nicht mehr so frisch?) Vermählten durch Europa, um sich in Brautkleid und Anzug vor allen vermeintlichen Sehenswürdigkeiten ablichten zu lassen? Eine permanente Hochzeit. Ständiges Ablichten für die Nachwelt. Sogar ein Mann mit einer größeren Videokamera ist dabei und arrangiert das Brautpaar vor dem wenig dekorativen Ziegelstein. Sie lächeln tapfer, die Japaner oder Chinesen oder Koreaner (dafür sind wir Europäer ja blind, für diese Unterschiede, die dort, in Japan, China, Korea, keine feinen, sondern enorme Unterschiede darstellen, kriegswichtige Unterschiede), sie lächeln also, feiner, geduldiger als die Dame im Kostüm aus dem Sherry-Land, aber sie haben ja auch keine Zahnschmerzen.

Sevilla

Die Wiederkehr des Verdrängten? Nun scheinen sich doch die Vorurteile zu bestätigen, die mich seit der ersten Begegnung mit Erko plagen. Aber ich will die Zeilen hier nicht füllen mit Klagen über ihn (das Laissez-faire hinsichtlich des Zusammenhalts der Gruppe, die mangelnde Einstimmung auf Besichtigungspunkte, wenn diese von einem Einheimischen geführt werden, und vor allem der fehlende rote Faden). Wenden wir unseren Blick von diesen Ärgernissen, Widrigkeiten, Hässlichkeiten ab, feuern wir den Zorn nicht noch an, sondern lassen ihn schwelen.

Sevilla. Die Stadt bleibt substanzlos, assoziationsfrei, allerdings nicht weil sie schäbig oder nüchtern wäre, sondern weil die Informationen, das intellektuelle Ambiente nicht vom Reiseleiter als Fundament vermittelt wurden. Noch einmal: Sevilla. Al-cazar und die Kathedrale. Schemenhaft, beziehungslos.

Plus ultra. Es geht immer weiter. Ferdinands Wahlspruch, nachdem die alten Kartographen immer gesagt haben: Non plus ultra - bis hierher und nicht weiter, hier hört die Welt auf, hier stürzt der Ozean in die Leere hinab, hier ist kein Weiterkommen. Es war jedoch ein Weiterkommen möglich, genauer: eine Umrundung (wenn auch diese erst später stattfand), eine geschlossene Bewegung auf einer geschlossenen Oberfläche (hier: des Meeres). Es geht immer weiter, auch hinterm Horizont, das könnte auch der Wahlspruch des Imperialismus oder Kapitalismus sein, diese Sucht nach Grenzenlosigkeit in einer beschränkten Welt, dieses Immer-Höher-Schneller-Weiter, und sie glauben sich im Recht, denn es geht ja auch immer weiter mit Rasanz. Und doch: es hätte schon Kolumbus oder Magellan oder Cook auffallen müssen: Auch das Plus Ultra stößt an seine Grenzen. Die Erde mag zwar grenzen-los sein, dennoch hat sie eine endliche Oberfläche. Die Claims sind irgendwann abgesteckt, die Kolonien erobert, ge-plündert, leergeblutet. Die Ressourcen sind endlich (außer der Mensch: er reproduziert und recycelt sich, er steht immer wieder für Machtsucht und Geldstreben und Krieg und Pest bereit, gib ihm eine Uniform oder eine Fahne oder eine Trompete, gib ihm einen Titel, zeige mit dem Finger auf jemandem und sage: Dies ist der Feind, oder flüstere ihm nur etwas ins Ohr: Jener will dir dein Land wegnehmen - dann erhebt sich der Moloch Mensch in seiner Wut, dann lässt er sich als hirnloses Ungeheuer auf seine Mitmenschen hetzen).

Der Stolz, der Stolz, das ist auch so ein Geschwisterchen des Blutdursts. Sieh her: eine Prozession. Wem huldigen sie? Der Maria? Ja, da hinten tragen sie sie wohl her. Aber das Gaudium, das geschieht hier vorne. Die Prachtkutsche (um mit Gogol zu spre-chen: Ach, was für eine prächtige Kutsche! Und wie das Leder glänzt! Und der Kupferbeschlag! Hat schon einmal jemand so ei-nen Kupferbeschlag gesehen? Die Heiligen sollen aus dem Him-mel stürzen, wenn es jemals solch einen funkelnden Kupferbeschlag gegeben hat!). Dann die Pferde, wie sie tänzeln, wie die *Caballeros* und *Senoras* würdig im Sattel sitzen. Aufrecht, die eine Hand hinter dem Rücken, die Lippen zusammengekniffen, die Augen zusammengekniffen, nur das Pferd, das kneift nicht, das spitzt die Ohren und rollt die Augen und muss tänzeln. Der Hut. Die Krempe. Wie mit dem Zirkel abgeschnitten. Messerscharf und wie gestärkt das ganze Ding. Und erst die Bauchbinden! Hat man schon jemals solche Bauchbinden gesehen, die solch würdigen Bäuche binden dürfen? Wenn es keine Bäuche gäbe, man müsste sie erfinden, nur damit man solche Binden tragen darf! Die *Senoritas* und *Senoras*, zu Fuß, das geht nicht anders, denn in diesen Kleider lässt es sich nicht reiten und sie sind ja ohnehin keine Männer, aber dafür sind sie hübsch (nicht die Frauen, sondern die Kleider), zumindest in den Augen derer, die sie tragen. Schwarz mit roten Punkten oder rot mit schwarzen Punkten oder neongrün oder quietschorange, und die Frauen stecken darin wie die Wurst in der Pelle und sie lächeln das tapfere Lächeln der Frauen (auch wenn sie nicht im Kostüm der Arbeit, sondern im Kostüm des Flamenco stecken), sie lächeln und winken und der Saum bauscht etwas hin und her, nicht viel, denn bestimmt ist auch er gestärkt oder verstärkt oder gebördelt oder was auch immer und beinahe ist er so messerscharf wie die Hutkrempe der *Caballeros*, die jetzt schon auf der Straße weitergezogen sind, die Frauen laufen hinterher, aber das dauert, sie winken, und da kommt endlich Maria, das heißt: die Jungfrau, ganz klein, aber dafür ist der Wagen groß, blumengeschmückt, oder ist es Jesus, Fronleichnam, aber das ist bestimmt auch den Kostümen egal, die freuen sich, dass sie bei diesem Wetter vor die Tür dürfen, auch die Hutkrempen strahlen vor Glück, sie strahlen so sehr, dass der Schatten im Gesicht der *Caballeros* noch dunkler wirkt. Und was kommt nach Maria oder Jesus? Frauen? Nein. Auch keine Pferde. Es nähert sich ein saugend-sabberndes Maschinenwesen, ein kleiner Wagen der Stadtreinigung, und er schrubbt und wässert die Straße hinter der Prozession und tilgt sofort alle Spuren, nicht nur die der Pferde und der entblätternden Maria (denn die Blumen müssen welken in der Hitze). Auch die ganze Prozession wirkt wie weggehuscht, als wäre ein Gespenst, weniger: ein Schatten, durch die Straßen gegangen. So deutsch sind sie hier, die Sevillaner oder Sevilleros, dass kein Kratzer auf der Politur ihrer Stadt haften bleiben darf. So hyperdeutsch sind sie, dass sogar die Telefonzellen (kein Witz!) geputzt werden, denn dort steht eine Art Fensterputzer und seift die Plastikscheiben ein, in denen die Hörzelle eingekastelt ist. So sauber ist die Stadt, dass man nie Gefahr läuft, in Hundedreck zu treten, obwohl es doch auch hier Hunde geben muss, so sauber ist es hier, dass vielleicht auch deshalb kein Eindruck haften bleibt von der Stadt, dass sie wesenlos zurückbleibt, wenn wir hier morgen weiterziehen, gen Cordoba, und wir hoffen, dass Erko sich erbarmt und uns füttert, mit Informationen, mit Geschichten und Anekdoten, dass wir endlich zu unserem eigentlichen Leben erwachen, dass wir dem hohen Reisepreis gerecht gemacht werden, dass diese Fahrt nicht auch nur ein Schatten bleibt, sondern etwas haften bleibt, in uns.

Cordoba

Die Wasserspeier öffnen ihre Mäuler. Von der Moschee Cordobas spucken sie ihr Wasser auf die vorüberhastenden Passanten und begießen und beeimern sie mit nicht versiegen wollenden Wassermassen. Und als sei das nicht genug, regnet es ja auch so schon, vom Himmel herab, der sich heute ganz grau und bleiig gibt. Das Blau der vergangenen Tage ist weg. Jetzt zeigt er sein wüstes Gesicht und trommelt sein Himmelsregenwasser direkt und auf Umwegen über die Wasserspeier auf uns herab.

Ein kleiner Schirm ist zu wenig für zwei Leute, zumal die Regenjacken noch im Koffer sind und der Koffer irgendwo auf dem

Weg vom Bus, der außerhalb der verkehrsberuhigten Innenstadt parkt, zum Hotel ist, in einem undefinierbaren Zwischenzustand, der fast an die Unschärferelation erinnert: Sein Aufenthaltsort ist das Kontinuum der Gassen Cordobas, und zwar von der vielbefahrenen Straße bis hin zum Hotel Conquistador.

Ein Schirm ist also zu wenig, doch zum Glück gab es kurz vor dem Hotel einen kleinen Souvenirladen. Dort haste ich hinein, nicht ohne weitere Nass-Massen über mich ergehen zu lassen. Ein weiterer Schirm ist gleich gekauft, und, zurück in der Hotelhalle, stelle ich erstaunt fest, dass der Souvenirladen ja zum Hotel gehört und ich ihn trockenen Fußes hätte erreichen können.

Cordoba ist ein Gassengewirr. Straßen und Wege treffen selten im rechten Winkel zusammen. Es scheint eher, dass sie sich aufspalten oder abknospen, und daher krümmen und winden sich die Gassen und sie begegnen einander deshalb auch in sehr stumpfen oder spitzen Winkeln. Kleine Perlen liegen darin verborgen: die alte Synagoge, deren bizarre Geschichte symptomatisch scheint. Sie war früher eine Moschee, wurde nach der Judenvertreibung zunächst zur Kirche umfunktioniert, bis sie schließlich als Irrenanstalt endete. Daher sind die Kacheln völlig zerstört. Da drängt sich die Symbolik auf, dass alle Religionen im individuellen oder kollektiven Irrsinn münden (oder gar daraus entspringen). Versteckt in den Gassen ist auch eine kleine Büste. Ein Muslim schaut einen aus hagerem Gesicht an. Seine Name: Al-Ghafiqi, ein Maure, der vor siebenhundert Jahren das Prinzip der Brille erfand: ein geschliffenes Glas, das das Licht bricht oder streut und daher als Sehhilfe benutzt werden kann.

Höhepunkt Cordobas ist die Moschee, die heute die Heilige Kathedrale heißt, aber ihre muslimischen Wurzeln sind nicht zu leugnen, ja es ist sogar so, dass man eher die Kathedrale in ihr übersieht als die Moschee, die den Hauptteil des Gebäudes ausmacht. Der Besuch ist wieder eine sinnliche Erfahrung: Man betritt zunächst den Orangenhof, in dem die Bäume in Reih und

Glied stehen, verbunden durch Kanälchen, in denen bei Regen das Wasser gleichmäßig an allen Pflanzen vorbeigeleitet wird. Der Glockenturm erhebt sich zur rechten Seite. In ihm befindet sich, vom christlichen Turm ummauert, das frühere Minarett. Brunnen stehen vor dem Eingang zur Moschee: Der Eintretende wird daran erinnert, nur im reinen, also gewaschenen Zustand das Gebäude zu betreten. Sobald man den Fuß über die Schwelle setzt, ist man zunächst von der Dunkelheit geblendet. Dann lichtet sich der Blick: Ein Säulenwald erscheint, labyrinthisch. Die rot-weiß gemusterten Doppelbögen, die die Säulen miteinander verbinden, fallen als nächstes auf. Sie wirken ein wenig wie Palmwedel. Unsicher dringt man weiter in die sich aufhellende Dunkelheit vor. Nach und nach treten die Ornamente hervor. Kaum etwas merkt man von der dreimaligen Vergrößerung der Moschee. Zu einer Wand hin, im östlichen Teil, dann der Mihrab, der Ort, an dem der Vorbeter sitzt. In der Decke ist eine Muschel in Stuck geformt. Sie symbolisiert das Ohr des Gläubigen. Allerdings fehlt ihr hier etwas, was die übrigen Muscheldarstellungen der Moschee aufweisen: die Perle in der Mitte. Sie stellt das Wort Allahs dar, das in das Ohr des Gläubigen trifft. Da hier, im Mihrab, der Verkünder des Wortes Allahs sitzt und vorbetet, muss sich keine Perle in der Muschel befinden, schließlich ist der Vorbeter das Wort, ist er die Perle im Ohr der ihm Zuhörenden. Man kann es kaum glauben, dass von dieser abgeschiedenen Nische aus der Wortgesang des Vorbeters bis in die letzten Bereiche der Moschee vordringen soll.

Das Gotteshaus hat gigantische Dimensionen, so gigantisch, dass es (two-in-one), sogar eine christliche Kirche in sich beherbergt. Denn embryonal eingesetzt in die Moschee ist die jüngere Kathedrale, eingepflanzt nach der Christianisierung Cordobas, pompös, zwischen Renaissance und Barock pendelnd. Zu ihr sagte weder der lokale Führer, noch unser Erko etwas. Sie scheint also nicht bedeutend zu sein, ein ungeliebtes Kind im Schoße der geliebten Mutter-Moschee, man kann sie aber schließlich nicht herausreißen, abtreiben, sie bleibt darin, ewiges Kind, ungeboren, den Namen der Mutter usurpierend (das ganze Gebäude ist ja nun Kathedrale), seltsames Mischwesen und vielleicht hatte es von daher auch Sinn, dass wir in heftigem Regen empfangen worden sind, ein Regen, der mehrmals am Tag wieder aufbrach, der sich in dunklen Wolken hinter der Kathedrale formte, wenn man diese von der Römischen Brücke betrachtete, vergeblich darauf wartend, dass ein Sonnenstrahl aus dem Himmel dringen möge, auf dass ein idyllisierendes Foto sich schießen lassen würde, aber nein, stattdessen weiterer Regen, zum Glück nur kurz, auch die Wasserspeier halten ihre Mäuler geschlossen, sie haben genug Wassertränen vergossen, heute, in Cordoba.

Granada

Das gestrige, zugige Abendessen schnell vergessen. Den Tisch gewechselt gehabt, beim Reiseleiter und dem Fahrer Juan gesessen. Gezwungen, unschön. Froh, als der Abend zu Ende ging. Danach noch ein kleiner Gang durch Cordoba, Blicke in die Innenhöfe werfend, die gerade geschmückt werden, die *Patios*, es ist eine Festwoche hier, ein Wettbewerb, wer (als Einzelner oder meist in der Gruppe) seinen Innenhof am schönsten schmückt. Und so hängen sie, die Töpfe mit ihren Blumen, überall an den Wänden der Höfe. Rot und Weiß sind die vorherrschenden Farben der Blüten. Die Töpfe oder Kübel, in denen sie stecken, sind in Blau oder dunklem Rot gestrichen oder bemalt. Meterhoch hinauf sind die Wände damit behangen, nicht in Reih und Glied, wie es uns Deutschen zu eigen wäre, sondern schön verteilt, musterlos, aber alle blühend. Die Gestalterinnen solchen Schmuckes sitzen ebenfalls im Hof, meist nicht so schön wie ihre Blumen, sondern ältere Frauen, träge, aber nicht zu träge, denn immerhin kann es zwei, drei Stunden dauern, bis jede der vier- oder fünfhundert Kübelpflanzen ihre Wasserration bekommen hat. Die Reisenden sind begeistert; ich bin zumindest beeindruckt, aber nicht mehr.

Am heutigen Tag verlassen wir Cordoba. Es geht zur Sommerresidenz Madinat Al-Zahra, Ruinenfeld, verwinkelte Grundrisse, Hufeisenbögen, restaurierte, zusammengepuzzelte Ornamente, ein riesiges Bad. Dann, im Stau, nach Granada. Kurze Stadtrundfahrt: das Denkmal, wie Kolumbus von Isabella den Segen für seine Unternehmung abholt. Dann zu Fuß durch das Gassengewirr der oberen Stadt. Blick auf die Alhambra. Abstieg, ein Flüsschen entlang, die Festung zur linken, hinein ins Stadtzentrum, sehr belebt, jugendlich, in Bewegung, nicht dieses Statische, Feierliche, Geleckte wie an anderen Stationen.

Welches Bild will man der Nachwelt hinterlassen, wenn man derart machtvoll gewesen ist wie die Katholischen Könige von Spanien? Zumindest einen Teil der Antwort (oder eine unbeabsichtigte, alternative Antwort) findet sich in der Grabeskapelle von Isabella und Ferdinand. Man steigt also hinab, wenige Stufen, schlendert dann vorbei an den wenigen Bankreihen des Kirchleins, ehe man von einem gewaltigen schmiedeeisernen Gitter aufgehalten wird. So ähnlich muss die Pforte aussehen, an der wir (nach christlicher Heils- bzw. Sündenlehre) von Petrus empfangen werden, der uns dann, wohlüberlegt sortierend, hineinlässt ins Himmelsparadies oder uns das Asyl verweigert, uns in die Hölle oder Vorhölle oder das Purgatorium verweist und sich auch dann nicht beirren lässt, wenn wir ihn zu überrumpeln versuchen (was uns gelingt) und über das Gitter steigen wollen (was uns nicht gelingt) und von dem er uns mit einem knorrigen Stock herunterklopfen wird, einem Stock, den er vielleicht von Moses erhalten hatte, mit dem dieser Ägypten und das Rote Meer und die Wüste durchwandert hatte, ein Stockgeschenk, das nicht als Bestechung seitens Moses zu verstehen war (denn jener hatte sein *Ticket to Heaven* schon längst sicher, ehe er aufbrach ins Gewiss-Ungewisse eines Landes, in dem Milch und Honig fließen), einem Paradies also wie jenes des Himmels, vor dem Petrus nun wacht und uns gelangweilt vom Gitter herunterstochert, denn viele wollen seine Entscheidung nicht akzeptieren und pochen auf Asylrecht aus Menschlichkeit, aber das zählt hier nicht, im Reich des Göttlichen, hier ist der Maßstab strenger, hier kommt man nicht mit kurzfristiger Reue durch, erst recht nicht durch dieses Gitter, engmaschig und hoch, kein Zwerg windet sich hindurch, keine Riese übersteigt es, und so trennt es auch hier, als irdisches Pendant, die Lebenden & Machtlosen von den Toten & Machtvollen, also doppelter Gegensatz, der nur mit doppelt sicherem Tor zu sichern ist, Petrus wäre stolz.

Uns fällt es leicht, die Pforte zu passieren, besitzen wir doch eine Eintrittskarte (Geld öffnet so manches Tor), und so stehen wir dann auch schon staunend vor dem Marmorbildnis, das uns allerdings, Verachtung andeutend, den Rücken bzw. den Hinterkopf zuweist, als wollten sie, die Katholischen Könige, uns nochmals daran erinnern, wie viel uns von ihnen trennt, uns unsere Kleinheit, Bedeutungslosigkeit vor Augen führen - doch, um vorweg zu greifen, es wird ganz anders kommen. Zunächst aber wird unser Blick (gedemütigt von der Hochnäsigkeit des Geschauten) abgelenkt und sieht sich geblendet von dem Altar; studiert dann das zur Linken angebrachte Gemälde van der Weydens von der Kreuzabnahme Christi, ungewöhnliches Format, ein breites Rechteck, in dem sich der Rahmen in der oberen Mitte zu einem Türmchen ausstülpt. Farbsatt ist das Bild, dessen Original im Prado hängt, hier nur die Kopie, nicht die einzige, auch das Marmorensemble der sterbegebetteten Isabella und des Ferdinand ist in gewisser Weise eine Kopie, genauer: ein Ersatz, ein Blendwerk, denn es ist kein Sarkophag, der durch Marmorbesatz aufgewertet wird, es ist purer Marmor, frei von menschlichem Gebein, und das ist es wohl, wie die beiden Könige in unserer Erinnerung bleiben möchten: rein, weiß, strahlend, unschuldig, paradiesfrisch, sich der Aufnahme durch Petrus sicher, sie sind ja auch jenseits des Gitters, sie haben ihre Schuldigkeit getan, sind ihren sterblichen Weg gegangen, sind angekommen in ihrer selbstinszenierten Himmlischkeit. Kleine Makel und Ironien zeigen, dass es sich nur um ein irdisches Paradies handelt: Der Bildhauer machte sich einen Spaß daraus, den Köpfen (und damit dem Verstand der Könige) unterschiedliches Gewicht beizumessen. Die hoheitlichen Häupter beulen das Kissen, auf dem sie ruhen, in unterschiedlicher Weise aus. Isabella scheint demnach die Klügere (auch die Weisere?) gewesen zu sein, denn ihr Hinterkopf presst sich tief in die Daunen ein. Ferdinand dagegen war mit schwächlicheren Mitteln ausgestattet. Bretthart bleibt sein Kissen unter dem leichtgewichtigen Kopf. Sie sind jedoch nicht allein, die beiden, denn an ihrer Seite ist ihre Tochter, *Juana loca* (Johanna die Wahnsinnige), und wie ihr Name schon sagt, verfügt ihr Haupt auch nicht über allzuviel Schwere. Anders dagegen ihr Mann, der habsburgerische Philipp der Schöne, frühverstorben, aber immerhin mit kissenzerdrückender Intelligenz ausgestattet. Ihr gemeinsames Kind sollte Karl V. sein (oder spanisch: Carlos primera), und jener hat die Kapelle auch in Auftrag gegeben, und seine Großeltern (entgegen ihrem Wunsche) aus der Alhambra, ihrer ursprünglichen Begräbnisstätte, hinunterverbannt in die eigens erbaute Kirche. Und so lässt sich vielleicht argumentieren, dass Karl sich Petrusrechte angemaßt hat gegenüber seinen Vorfahren, er hat sie aus dem Paradies vertrieben (denn als ein Paradies war die Alhambra schon von ihren maurischen Erbauern konzipiert), er jagte sie hinab in die irdische, unterirdische Kapelle, und vielleicht musste deshalb ein gewaltiges Tor davor gebaut werden, ein Tor, das nun in anderem Licht erscheint, ein Gitter-Gatter, das die Katholischen Könige nun von ihrem Paradies, der Alhambra, fernhält, sie also hier einsperrt, zudem mit ihrer wahnsinnigen Tochter und einem fremdländischen Schwiegersohn, keine paradiesischen Zustände also.

Doch nicht genug der Hölle für die beiden. Als müssten sie für ihre Missetaten büßen, offenbart sich dem Besucher ein neuer, ungeschminkter Blick auf die beiden. Nicht das gewaltige Marmorbild enthält die Überreste des Königspaares. Man muss noch ein paar Stufen weiter hinabschreiten, wie Dante in noch tiefere Bezirke der Hölle vordringen, und erst dort, im innersten Zirkel der verlorenen Seelen, im Ghetto der Sünder, das selbst dem verzweifelsten Asylsuchenden zu verworfen wäre, dort sind sie dann wirklich, in persona, in voller Sterblichkeit, dort, im engem Raum unter dem Marmorblock, entzogen dem ersten Blick, stehen vier Särge, schwarz, fleckig, zerstoßen, schäbig, als hätte das Maul der Zeit sie durchnagt, und nur die metallenen Bänder, die sie zwei- oder dreifach umlaufen, scheinen Sarg und Inhalt noch zusammenzuhalten. Dort stehen sie, Isabella und Ferdinand, Juana und Philipp, wie in einer Rumpelkammer, wie auf dem Dachboden der Geschichte vergessen, einsame Sterbende, schäbig wie der Tod selbst, und das ist das wahre Bild, das sie hinterlassen werden, das wir alle hinterlassen müssen, unzensiert, wahrheitlich, hier begegnet der ungeschminkte Blick der ungeschminkten Wahrheit, hier prallt die Sterblichkeit auf den Betrachter selbst zurück, hier stehen vier Särge als Spiegel des eigenen Sarges, hier liegen die Katholischen Könige, hier liegen wir alle.

Mitleid regt sich, Mitleid gegenüber den lange Verstorbenen (ein Mitleid, das auch gegen sich selbst gerichtet ist: der Spiegel trauert um sich selbst), ein Mitleid, das noch verstärkt wird, wenn man den Nebenraum betritt. Hier sind die hoheitlichen Reste der Könige: Man sieht ihre Bibel, ihre Krone, man sieht ihr Gewand, ein fast bischofsartiges Ornat, jenes für Isabella, dieses für Ferdinand. Die prächtigen Farben darauf sind verblasst. Mit Mühe entziffert man die christlichen Bilder darauf. Die eingewirkten Gold- und Silberfäden haben ihren Glanz verloren. Plötzlich ist sie da, die Menschwerdung der Könige, plötzlich erstehen sie vor uns, nicht als Machthabende, Machtsuchende, Machtausübende, sondern als die Menschen, denen man Gewänder angelegt und eine Krone aufgesetzt hatte (oder die nach der Krone griffen, so wie nach neuen Ländereien, nach neuen Kontinenten). So wie ihre Macht verloren ist, ihre Insignien nun hinter Glas konserviert sind, ihr Reich schon lange untergegangen - so wie sie nun vor uns stehen, bar aller Pracht, menschlich, sterblich, da erst weitet sich unser Blick zu einem neuen Verständnis von Geschichte, da schüttelt man traurig den Kopf, als hätte das Königspaar seine Zeit mit Kindereien (brutalen, imperialen, fanatischen Kindereien) vergeudet. Man will ihnen über die fünfhundert Jahre zurufen, ihnen Rat geben, man möchte das Ornat aus seinem Glaskasten herausreißen und ihnen über alle Zeit hinweg hinhalten, *memento mori*. Doch nein, sie lernen nichts mehr dazu, können es nicht mehr. Stolz prangt ihr Wappen an der Wand: Ein Ochsenjoch, *yugo*, für Isabella (Ysabella), und ein Bündel Pfeile für Ferdinand (auch hier das Initial seines Vornamens im Spanischen aufgreifend), und so bleiben sie gefangen, in ihren Särgen, in ihren ewigen Höllen, gefangen in ihrem eigenen Joch, durchlöchert von ihren eigenen Pfeilen.

Granada (Alhambra), Torremolinos

Sehr frühes Aufstehen. Wie am Vorabend kann auch hier das Buffet in Form eines Frühstücks nicht ausgeschöpft werden. Die Zeit drängt, und so bleiben die verschiedenen Käse- und Schinkensorten unberührt, ganz zu schweigen von dem süßen Plundergebäck. Abfahrt um 8:15 Uhr, hinauf auf die Alhambra, wo man die Tickets weit im voraus kaufen muss, da die Anzahl der Besucher pro Tag limitiert ist. Wir sind früh da; trotzdem schon Schlangen an den Kassenhäuschen. Wir aber haben ja schon lange die Eintrittskarten, und die armen Individualtouristen, die „mal eben" das Gelände besuchen wollen, werden erst Tickets ab 17:30 Uhr erhalten.

Die Führung, leider, wieder durch einen lokalen Führer, ein gedrungener, wie eingestampfter Kerl. Froschaugen hinter getönter, großglasiger Brille. Schwer verständlich, man muss sich konzentrieren, um seinen Dialekt und sein Nuscheln wegzufiltern, um zu der Information darunter zu gelangen. Leider ist, nach dem Aussieben der unerwünschten Rauschtöne, nicht viel da, was man memorieren könnte. Der Reiseleiter hält sich fast völlig zurück, und so durchwandern wir etwas unzufrieden durch Al-Kassaber, den Festungsteil, dann durch den Palastteil, der, schlicht genug, von Karl dem Fünften stammt. Hier sieht man sehr deutlich den Schritt vom ornamentalen, üppigen (und doch dezenten) Stil der Muslime hin zum schlichten, schmucklosen Christenstil. Weiter geht es, durch andere Räume, Säle, Innenhöfe, Balkone, Wandelgänge, und überall rauscht Wasser, überall Rinnsale und Brunnen, denn, so heißt es im Koran, das Paradies wird von vier Wassern umspült, und da die Alhambra als kleines Paradies konzipiert wurde, ist an dem erfrischenden und reinigenden Nass kein Mangel. Und so gibt es auch Bäder (Hamam), überall Nischen für Waschungen, da man mit Vorliebe fremde Besucher erst mal von ihrem Dreck (und auch ihren Krankheiten) und Gestank befreien wollte, um sie erst dann, gebadet und neu gewandet, dem Emir oder Kalifen gegenübertreten zu lassen. Die Ornamente sind hier aus Stuck, das ist weniger aufwändig als die gemeißelten Verzierungen in Cordoba. In dem verschlungenen Ineinander von geometrischen Formen, floralen Elementen und Schrift wird der Betrachter in einen entspannenden Zustand versenkt. Nirgends bleibt sein Auge haften, da kein Zentrum, keine Perspektive, keine Fluchtlinie auszumachen ist. Dieses Fehlen eines oberflächlich sinnigen Zusammenhangs bewirkt nun etwa nicht, dass das Auge ruhelos umherirrt, um irgendwo Sinn in der Verschlungenheit zu entdecken. Stattdessen ruht es in fließender Bewegung; es kann verweilen, denn es wird nichts verpassen; es kann sich aber auch bewegen, denn die Ornamente leiten durch ihre anonyme Vertrautheit den Betracher über die ganze Wand oder das ganze Balkongitter hinweg, ohne dass er diese Bewegung spüren würde. Und so sind auch die Schriften ganz unauffällig in die Ornamentik eingewoben, und es ist dem Betrachter egal, ob dort steht, dass Allah immer Sieger sein wird, oder ob der Baumeister seinen Namen mitteilt. Schrift kehrt zu ihrer ursprünglichen Bedeutung des Zeichenhaften zurück, und, da sie eingebettet ist in einen Dschungel von Phantasiezeichen, löst sie sich auf. Vielleicht, so mögen Tiefenpsychologen unken, dient die Ornamentik nur dazu, die Schriftbotschaften im entspannt-aufmerksamen Zustand am besten aufnehmen zu können. Eine Art unterschwellige Botschaft, wie ein kurz aufblitzender Slogan in einem Werbespot. Ich glaube eher, dass die Schriften nur noch eine bloße äußere Referenz darstellen. Die Information muss zwar in die Gestaltung mit eingehen, aber da sie die Ornamentik im Normalzustand stören würde, wird die Schrift dem Ornament angepasst, untergeordnet, und nicht etwa das Ornament in den Dienst der Schrift gestellt. Das Ganze wird so weit getrieben, dass die Schrift so entstellt ist, dass sie, zumindest heute, nicht mehr lesbar ist - könnte das gleiche Schicksal doch auch dem Großteil der zeitgenössischen Literatur beschieden sein!

Danach Lustwandeln im Garten, in einem kleinen Palast etwas oberhalb des Kerns der Alhambra, sozusagen der Sommerresidenz des Herrschers. Vorbei an weiteren Brunnen und Fontänchen und vorüber an Rosen- und anderen Blumenbeeten und hindurch unter einem Oleanderspalier und mittig hinab an Zypressen vorbei, zum Ausgang, zum Bus, zur Fahrt über den letzten Pass, wo der letzte Maure, Boabdil, auf der Flucht nach der Kapitulation, die letzten Tränen über seine geliebte, zurückgelassene Alhambra vergossen haben soll, weiter den Pass hinab, im Rücken die Sierra Nevada, die noch letzte Schneesprenkel auf ihren Gipfeln tragen, weiter und weiter hinab, zur Küste hin, und da ist es plötzlich, das Meer, kitschig blau und kitschig schön. Man ist wie in einer anderen Welt, nachdem man vor wenigen Stunden noch bei zehn Grad durch die morgendlich-kühle Alhambra gegangen ist, sich nun am rauschenden Meer wiederzufinden, bei lauschigen zwanzig Grad und heißem Sand, und so sitzen wir dann in einem kleinen Restaurant, auf der Terrasse, direkt am Meer, und so klein das Lokal ist, so gut ist auch das Essen, wir bestellen Schwertfisch und Paella, und der Fisch in Öl und Knoblauch ist eine Offenbarung und die Paella (obwohl wir die normale bestellt hatten, wird uns die Variante mit Meeresfrüchten aufgetischt), die Paella ist also auch lecker, nachdem wir die Muscheln und Krabbenrümpfe oder -stümpfe aussortiert haben. Der Reiseleiter verteilt noch kleine Andenken, man spaziert nach dem Essen am Strand. Nur wenige (und ausschließlich einheimische) Badende liegen einzeln oder in kleinen Gruppen unter ihren Sonnenschirmen. Ins Wasser geht kaum jemand, es ist doch noch zu kalt. Eine Fähre oder ein Kreuzfahrtschiff zieht schneckenlangsam seine Bahn, fast am Horizont, und es scheint uns nicht weglaufen zu können, während wir essen und später auch spazieren. Das lichtblaue Meer fügt sich farblich schön dem ockerbraunen, fast kahlen Gebirge an, das sehr nahe ans Wasser herantritt und in nacktem Fels in selbiges hinabstürzt.

Nach der Pause geht es noch eine knappe Stunde immer die Küste entlang nach Westen, bis wir schließlich, viel zu schnell, in Torremolinos im ersten Hotel zu Beginn unserer Reise ankommen. Nun sitzen wir auf dem Balkon, blicken auf den Strand hinab, genau wie am ersten Tag, als wir (mit der frischen, kalten Erinnerung an das soeben verlassene Deutschland) uns an der Wärme und der Strandidylle berauschten. Aber, als wolle man uns mahnen, sitzen wir nicht mehr im linken Teil des Hotelkomplexes, sondern im rechten Turm, als müsse uns bewusst gemacht werden, dass wir eine Wanderung hinter uns hätten, dass wir durchgereicht wurden und dass wir nun bereit sein müssen, am nächsten Tag alles, alles hier zu verlassen. Und so traurig und auch enttäuscht man ist, der Reise eine Ende zu setzen, so erleichtert ist man, dass man nicht mehr die selbstgefällige Ironie des Reiseleiters ertragen muss.

Was werden wir also vermissen? Den nicht vollständigen Einblick in das maurisch-christliche Spannungsfeld; die mandalahafte Architektur und Ornamentik der Alhambra und der Moscheen; den Reiz, fremde Sprachen im Ohr zu haben; die Wärme und das Meer; aber auch ganz vermeintlich schnöde Dinge: das gute Essen, das leider nicht immer ganz gut (sondern zu international) war, das üppige Buffet; den positiven Stress, dass die Sehenswürdigkeiten präsentiert werden, so dass man nur geistige Anstrengungen vollbringen muss, aber nicht die organisatorische Qual hat, sich nach Öffnungszeiten, Busverbindungen etc. erkundigen zu müssen. Und was nimmt man mit nach Hause? Eine weitere Portion Staunen und Ehrfurcht, welche Kulturvielfalt es gegeben hat. Einen neuen Blick für das Ornamentale. Und ein wenig Bräune auf den blassen Backen.

Belgien (2005)

Abfahrt und Ankunft in Brüssel

Belgien - Terra incognita! Ebenso unbekannt wie übersehbar: Die Kuppe unseres kleinsten Fingers genügt, um es auf den meisten Karten verschwinden zu lassen. Belgien - Tabula rasa! Es gibt nichts, was man mit diesem Land assoziieren könnte. Der Nachbar im Norden hat seinen Käse und seine (erfolglosen, aber schön spielenden) Fußballkünstler. Der Nachbar im Süden ist der Inbegriff von Rotwein und *savoir vivre*. Dann gibt es noch den Luxemburger (*money, money, money*) und natürlich den Deutschen, über dessen Image wir aus Selbstschutz schweigen. Aber Belgien - was ist das für ein Land? Man kann kaum eine Stadt darin aufzählen. Ständig fragt man sich, gehört Antwerpen oder Anderlecht zu Belgien? Oder zu Holland? Oder beide Städte zu Holland? Dann fällt einem zumindest eines ein: Brüssel, EU, Butterberg und Euro. Maastricht? Ja, auch das ist Belgien und noch vieles mehr, und wer sich aufmacht, die Welt zu erkunden und bereits in Neu-Kaledonien, Alaska, Tibet und Botswana war, der kann auch den kleinen Schritt über die Grenze nach Belgien wagen. Man braucht sich bloß hinter Aachen immer auf der A4 halten und schon schlüpft man, vorbei an einem alten Grenzübergang, in das fremde Nachbarland. Weil es ein kleines Land ist und als Staat ohnehin noch nicht lange existiert, war es im Laufe seiner Geschichte immer Spielball größerer (nicht höherer) Mächte. Alle Reiche hatten ihre Finger (heutzutage: Aktien) in dem Land: Frankreich, das Deutsch-Römische Reich, Habsburg, die Spanier, die Niederländer sowieso, und hätte nicht auf dem Wiener Kongress endlich jemand Belgien gegründet, man hätte es beinahe vergessen - ohne es zu vermissen. Wo sind seine Ursprünge? Ein gallischer Stamm, den Cäsar erwähnt. Das ist dürftig, zu dürftig. Ein Sprung weiter in der Geschichte: Teilung des Frankenreiches. Neben dem westlichen Frankreich und dem östlichen Deutsch-Römischen Teil entsteht ein Mittelreich: Burgund, Lothringen, Flandern. Nichts Halbes und nichts Ganzes, und in dieser Halbheit versteckt sich das ganze Belgien, embryonal, unbenamt, als eines von vielen kleinen Fürstentümern, sagen wir: von Flandern. Dann das jahrhundertelange Hin-und-Her der Geschichte. Als sich Österreich von Spanien trennt, wird es letzterem zugeschlagen. Ein Sonnenkönig knappst sich einen südlichen Teil ab. Kurz und gut: 1815, 1831 - *enter* Belgium. Konstitutionelle Monarchie seither, Brügge als ehemalige Hansestadt, früher bedeutend als Textilindustrie, dann als künstlerisches Zentrum der Malerei. 1915 - Belgien fast zerstört. Ypern ausgelöscht. Frontlinie des Ersten Weltkriegs, da man sich dem Durchmarsch der kaiserlichen Armee widersetzt. Als Belohnung für die erlittenen Übel wird Eupen-Malmedy dem kleinen Land zugeschlagen. Zweiter Weltkrieg: Jetzt lässt man die Angreifer passieren - dem Land passiert nichts. Nach Kriegsende muss aber der König zurücktreten, da er sich dem Aggressor aus Groß-Berlin nicht widersetzt hatte. Heute: Belgien eine der reichsten, dichtbesiedelsten Regionen der Erde. Fahrt nach Brüssel auf schnurgerader Autobahn. Regen und Hagel trommeln uns ein Willkommen auf den Bus.

Brüssel auf den ersten Blick: Saubere Synthese aus Historismus und Moderne. Das Hotel: Fünf Sterne, großes Zimmer, Blick nur auf den Innenhof. Auf zum Abendessen in ein kleines Lokal hinter dem alten Fischmarkt: Dazu vorbei an einem Turm-Rest der alten Stadtmauer, vorbei an eng aneinandergeschmiegten Fassaden, die sich wie die Orgelpfeifen in unterschiedliche Höhen recken. Lokal folgt auf Lokal, getrennt durch einen breiten, gepflasterten Weg, der neben einem sumpfigen Wasserbecken entlangläuft. Dann über einen Platz und schon stehen wir vor dem „Loup Galant", aber nicht lange, denn wir schlüpfen hinein, schlängeln uns zwischen den Tischen hindurch in ein Nebenzimmer, das, überspannt von einem gläsernen Dach, den Blick freigibt auf den sich immer weiter aufklarenden Himmel, der schließlich, am Ende des Abends, blau erstrahlt. Das Essen besticht vor allem durch sein Arrangement, seine Dekoration. Gang eins ist ein Fisch, eingewickelt in die Längsscheibe einer Salatgurke. Gang zwei bildet Perlhuhn mit einer würzigen dunklen Soße, umrahmt von Auberginenwürfelchen, Kartoffelscheiben und püriertem Brokkoli. Als Nachtisch gibt es eine Pyramide aus süßem Grieß mit Schokoladensoße und Himbeeren. Auf dem Heimweg geht es durch die älteste Einkaufspassage der Welt (von 1847) mit ihren ganz und gar nicht billigen Geschäften, darunter natürlich auch ein Chocolatier. Um elf Uhr fallen wir ins Bett und zwar auf viel zu weiche Matratzen. Ich liege abschüssig, weil meine Begleiterin das Raum-Zeit-Kontinuum durch ihre Gravitationskraft sehr stark krümmt. Hinzu kommen die plundrigen, untauglichen Kissen, außerdem die brühend heiße Dusche, die sich nicht kälter stellen lässt, sowie unsere Unfähigkeit (oder die des Hotels) mit einem Lichtschalter (oder mit einer beliebigen Kombination von Schaltern) alle Lampen des Zimmers auszuknipsen. Es gelingt nicht. Man kann nur verschiedene Kombinationen von Lampen abwechselnd einschalten. Wir sind entnervt (da todmüde) und ziehen die Stecker, wo wir nur können. Dennoch bleibt Restlicht in den in die Schrankfassade eingefassten Birnen oder in der an der Gardine verborgenen Neonröhre. Also machen wir in einer Kurzschlussreaktion alles schwarz, indem wir unsere Magnetkarte (die Schlüssel und Stromspender für unser Zimmer ist) ziehen bzw. leicht herausziehen, so dass wir bei Bedarf (also zum nächtlichen Klogang) nur mit der Fingerspitze die Karte wieder einschieben brauchen, um Festbeleuchtung zu haben. Weiterer nerviger Nachteil dieses Fünf-Sterne-Hotels: Das Fenster lässt sich nicht öffnen, auch wenn es nur zum Innenhof hinausgeht, und wir sind auf Gedeih und Verderb der (zumindest leisen) Klimaanlage ausgeliefert. Weniger geräuscharm hingegen ist der Kühlschrank der Minibar. Hier summt nächtens immer wieder der Kompressor auf und bringt mich völlig aus dem Schlafrhythmus.

Brüssel: Museum total

Nach schlafarmer Nacht weckt uns der Fernseher auf. Mit terroristisch motiviertem Jazz, dessen Lautstärke sich in Sekunden von leise auf schmerzhaft laut hinaufschraubt, schrecken wir aus unserem wenig erquickenden Schlaf. Kaum ist er abgestellt, dieser neumodische Weckruf (der einen zudem noch per Textzeile höhnisch mit Namen anspricht), will auch der altmodische Weckruf nicht hintenan stehen und lässt uns in Form von zwei Telefonanrufen weitere Male aus dem Dämmerdösen auffahren.

Wir testen nochmals die Dusche im grauen Morgenlicht und sehen unser gestriges Urteil bestätigt: Es gibt kein duldbar warmes Wasser, sondern nur brühend heißes Aqua aus dem Duschkopf. Wir wanken zum Frühstück, erwischen einen schlechten Platz, von dem aus man einen Tagesmarsch zum Buffet in Kauf nehmen muss, essen dort nur mit halben Genuss, da ein Teil unseres Verdauungssystems noch nicht aufgewacht ist. Dann geht es wieder hoch in den fünften Stock (natürlich nur wenn man die magische Magnetkarte auch hier in ein Schlitzlein steckt, es ist das Tischlein-deck-dich oder das Sesam-öffne-dich des modernen Zeitalters, wir alle sind Sklaven elektronischer Vorrichtungen, teils freiwillig, teils gegen unseren Willen, so wie die Musik in dem Aufzug uns gegen unseren Willen mit Lärm beschmutzt, es ist ein Zuviel, ein Übermaß an allem, das Wasser ist ZU heiß, die Magnetkarte ist ZU mächtig, die Lampen sind IMMER angeschaltet, wir leben in einem sich selbst terrorisierenden Schlaraf-fenland, in dem das Zuviel an Komfort in Nötigung, in Verwir-rung umschlägt).

Stadtspaziergang. In wenigen Minuten sind wir an der Gran-de Place, dem Grote Markt. Es ist ein Platz wie aus einem Guss. Quadratisch, praktisch, gut. Kurz vor 1700 alle Gebäude syn-chron aufgebaut (nachdem kurz zuvor ein Franzosenkönig alles plattgemacht hatte), glänzen sie heute paradoxerweise in ihrer rauch- und rußverwitterten Fassade mehr denn je. Es sind prachtvolle, pompöse Barockvorbauten und man mag kaum glauben, dass dahinter ursprünglich „nur" die Zünfte bzw. deren Handwerker gelebt haben. Da sind die Brauer, die Tuchweber, das königliche Palais fehlt natürlich auch nicht, das Stadtmuse-um (neugotisch), das Rathaus (mit Pseudo-Kirchturm), das ein wenig an das (neugotische) Münchner Rathaus erinnert, aber na-türlich zweihundert Jahre älter ist.

Die Blumenhändler sind die ersten, die ihre Stände heute auf-gebaut haben, und sie sehen zu, wie an einer Seite des Platzes eine Bühne aufgebaut wird, irgendein Konzert wird heute Abend stattfinden, aber das kann uns egal sein (außer unser Fünf-Ster-ne-Hotel verfügt über dünne Fenster oder Mauern) und so gehen wir weiter, am alten Gefängnis vorbei (in dem heute das Hotel Amigo residiert) und zu Männeken Pis, vor dem Menschenscha-ren auf- und abwogen und Männer und Frauen mit Kameras und Videos dieses kleine pissende Figürchen für die Nachwelt fest-halten. Man fragt sich, wieso, es steht halt da, puttenhaft barock und lässt lächelnd sein Wasser, aber das machen unzählige ande-re Barockfiguren auch, aber nur an diesem hier, das einen ganzen Brunnenquell zusammenpinkelt, entzündet sich das Interesse, und so stauen sich die Menschen hier, an einer ganz gewöhnlich engen Altstadtkreuzung und die Einheimischen quetschten sich an Japanern und Deutschen und Engländern vorbei und die Au-tos und Lieferanten geraten ins Stocken, manche sind geduldig, manche nicht, und diese hupen dann und verschaffen sich dadurch Erleichterung, zumindest seelisch, denn auch nach diesem Akt geht es nur im Schritt-Tempo voran und es bleibt daher ein seltsames Paradox, dass ein pinkelnder Junge als eine Art Nieren- oder Blasenstein im Organismus der Stadt Brüssel für eine Stockung des Verkehrs- und Menschenflusses sorgt, und dass niemand diese Inkontinenz (die Mobilität zu Immoblität gerinnen lässt), dass also niemand diese Stockung dem kleinen nackten Kerl in die nicht vorhandenen Schuhe schiebt, denn da steht er halt und pieselt glückselig vor sich hin.

Weiter geht's durch das alte jüdische Viertel ins Antiquitätenviertel. Man merkt schon an der Steigung, dass man sich nun höheren Gefilden nähert, und tatsächlich, am Straßenrand einer Avenue steht das Museum für Schöne Künste.

Eine unglaubliche Fülle erwartet uns dort: Spätmittelalterliche Malerei, sehr detailgetreu, zwar flächig, aber sehr aufwändig. Der Weg geht weg vom Detaillierten, Flächigen, Sakralen hin zur groben Pinselführung, zum Räumlichen, Profanen bzw. Menschlichen. Die Stationen auf diesem Weg: van der Weyden, Memling, Bosch, Breughel, Rubens, van Dyck. Herausragend dabei: eine winterliche Dorflandschaft von Breughel, wo Kinder auf zugefrorenem Fluss Schlittschuh laufen, wo die Bäume sich kahl in einen Himmel recken, der ebenso weiß verklärt, weiß dunstig ist wie die Erde. Der vereiste Fluss verliert sich perspektivisch in der Ferne, gesäumt am Ufer von geduckt dastehenden Häusern, und ganz hinten, am Horizont, wie eine Stadt in den Wolken, sieht man die bläuliche Silhouette eines weiteren Dorfes oder einer Stadt oder einer Metropole. Das Bild besitzt nichts Heimeliges. Es ist eine Stille darin, aber diese Stille könnte genauso gut bedrohlich sein. Der Winter wirkt gespenstisch, er liegt wie ein Leichentuch über dem Dorf, und obwohl die Menschen ihren täglichen Verrichtungen oder Vergnügungen nachgehen, ist doch alles durchtränkt von Vergänglichkeit und Zerfall. Pieter Breughel der

Jüngere hat die Erfolgsbilder seines Vaters kopiert und das Geschäft am Leben erhalten. Bei ihm sind die Farben weniger „echt", hier wirkt einiges gekünstelt.

Eine weitere Winterlandschaft, wenn auch um 1890 bietet ein anderes Bild (von G. Vogels), impressionistisch, eine Frau geht einen Feldweg entlang, auf den Betrachter zu. Links neben ihr türmt sich die Böschung mit kahlen Bäumen, rechts erstrecken sich schneebedeckte Äcker. Hinter ihr, von wo sie aufgebrochen sein muss, liegt ein Dorf, ein Städtchen, eingehüllt in Winterdunst. Die Frau ist ganz in schwarz gekleidet, vielleicht war sie auf einer Beerdigung, vielleicht ist sie eine Witwe im Trauerjahr und hat ihre Verwandten besucht. Ihr Gesicht erkennt man nicht, es bleibt unklar, ob sie alt oder jung ist, wohlhabend oder arm, man meint nur ein wenig Stolz oder Unbeugsamkeit in ihrer Haltung erkennen zu können. Der Himmel ist fast ebenso weiß wie die Landschaft, aber ein purpurnes Licht liegt darauf, eine Abendstimmung, als wäre es ein frostig blauer Wintertag gewesen, der nun mit einem Farbenspiel den Frierenden, Einsamen versöhnen will. Die grobe Pinselführung verwischt die Konturen zusätzlich, als wüte noch ein Schneesturm, als löse sich eines ins andere: Mensch in Winter, Natur in die Trauerkleidung, Abendmelancholie in den frostigen Weg.

Weiteres Highlight: Ein Skizzen- oder Studienblatt von Rubens. Eben haben wir noch überdimensionale Altarbilder gesehen, Sturz der Engel oder ähnliches, pompös, muskulös, kraftvoll, comic-action-painting. Nun aber, fast schlicht, aber umso ausdrucksvoller, mit ganzer Könnerschaft und auf den ersten und zweiten Blick modern wirkend, die vierfache Ansicht eines Männerkopfes, genauer: eines jungen Schwarzen. Er hat schon etwas gelichtete Haare, aber ein Bärtchen, das ihm ein piratengleiches Gesicht verleiht. Er blickt heiter, lächelnd, aktiv, nicht plump, nicht übersteigert, realistisch, ein Mann von heute, und wenn man die Farben, die Linien betrachtet, dann ist kein Pomp darin, sondern eine leichte, ausdrucksvolle Hand, ein wenig Impressionismus, gewagte Farben, erstaunlich.

Brüssel und Brügge

Stadtrundfahrt, EU-Monster-Bau, Prachtavenuen, Leopold der Zweite etwas dümmlich auf dem Pferd, das demütig den Hals zu senken scheint. Kathedrale Sankt-Michael, außen gleißend weiß, innen schlicht. Schwerpunkt des Tages: Architektur, Inneneinrichtung. Besichtigung des Privathauses von Horta, eines Jugendstil-Architekten. Das Gebäude und sein Inneres sind noch im Originalzustand. Das schmale Haus muss sich hoch recken, um genug Platz in seinem Innern bieten zu können, und um diesen Platz auch optimal nutzen zu können, hat Horta der Funktionalität oberstes Gebot gegeben. Eine zentrale, spiralige Treppe, die zugleich Lichtschacht ist, da oben in seiner Verlängerung das Dach aus Glas ist, bildet das Rückgrat der Wohnung. Von hier aus gelangt man in die einzelnen Etagen bzw. Zwischengeschosse. Alles ist durch Treppen und Treppchen, durch zwei, drei Stufen miteinander verknüpft, fast piranesihaft, aber natürlich nicht im kerkerhaften Sinne, sondern verbrückend verknüpfend. Das Esszimmer weiß gekachelt (doch es passt), die Türstöcke, die Geländer, die Schränke, die Türgriffe, die Leuchter - alles Einzelanfertigungen, leichte, etwas verspielte, grazile und doch asymmetrische Strukturen. Es ist kein Schwulst, kein Fin-de-siècle darin, es ist eine sanfte Rebellion, ein Ruf in den Dingen: Berühre mich, denn ich bin geschaffen, berührt zu werden, aber fasse mich zart an, denn ich bin nicht nur Ding, ich bin auch Kunst.

Weitere Außenbesichtigung von Jugendstilhäusern, dann Mittagspause im „A la mort subite", dann freie Zeit (die unser Führer in einem Lokal mit Trappistenbier und altem Freund verbringt). Weiterfahrt nach Brügge, Sommerwetter, schönes Zimmer, kein Technikterror, endlich offene Fenster, eine schlichte Klimaanlage, normale Lichtschalter, normales Bad, Technik darauf reduziert, bloße Technik zu sein, unbelebt, mit schlichten Möglichkeiten zu deren Anwendung, unkompliziert, Technik muss immer Ding bleiben, darf nie zur Kunst (zumindest nicht im Alltag) und nie belebt sein, muss maßvoll, zweitrangig sein.

Kurzportrait des Reiseleiters Piet van M.: Die Schultern und den Nacken gebeugt, der Blick deshalb auch etwas gesenkt und wenig beweglich, vermittelt er einen ersten, falschen Eindruck, dass er von einfacher Natur, einfachen Interessen ist. Die sich weit erstreckenden Geheimratsecken machen Halt an borstig zurückgekämmtem Haar, das die Farben Schwarz und Grau schön vermischt und, trotz der Igelhaftigkeit, meliert wirkt. Die braunen Augen stecken hinter einer randlosen Brille, die Unterlippe hängt ein wenig herunter und behält eine gewisse Feuchte, wie es zuweilen bei kleinen Kindern der Fall ist, denen unbemerkt der Speichel aus den Mundwinkeln tropft. Seine Stimme ist etwas heiser, belegt, aber nicht tief. Wenn er lacht, dann kommt dieses Lachen als reibeisenhafter sägender Laut aus seinem nur wenig geöffneten Mund - wenig geöffnet in der Höhe, aber weit geöffnet in der Breite, so dass Gesicht und Stimme ein wenig an Kermit den Frosch erinnern. Er hat Kunstgeschichte in Brüssel studiert und ist etwas über vierzig Jahre. Er bestätigt die Statistik, dass die Belgier ein trinkfreudiges Volk sind, denn er verbringt seine freie Zeit biertrinkend in Cafés. Wenn er etwas Negatives über eine historische Person, einen geschichtlichen Vorgang zu berichten hat, dann kleidet er es oft in ironisch gemeinte, übertrieben positive Worte. Er ist Flame und kann sich leicht daran erhitzen, wie die flämische Bevölkerung in Belgien unterdrückt worden ist. Er muss von bourgoisiehafter Herkunft sein und wenig existenzielle Nöte je gehabt haben. Er kann lange über Bier, Hotels, Wein, Architektur reden. Er würde großstädtisch, dekadent wirken, wenn man ihn manchmal reden hört, aber da ist sein gebeugter Gang, sein wie mühsam aufgerichteter Blick, und man meint manchmal, ein Bauer aus einem Breughelbild stehe vor einem und schaue einen abwartend, taxierend, verschleiert an. Er passt wenig in das Lehrer-, Arzt- und Architekten-Klientel, das offensichtlich die Zielgruppe des Reiseveranstalters ist, und er scheint wegen seines Wissens, seiner kulturellen Erfahrung von der Gruppe geduldet, gemocht und bewundert werden, aber es ist zu bezweifeln, dass die Mehrzahl der Mitreisenden je privat mit ihm befreundet sein könnte, denn man kann sich ihn, Piet van M., einfach nicht in einem langweilig-bourgeoisiehaften Salon vorstellen, selbst wenn er in selbigen tatsächlich auch wohnen würde.

Brügge

Backstein-City mit Kanälchen - so ist die kürzest mögliche Beschreibung von Brügge. Backstein wegen der Allgegenwart der schmalen, hohen, roten Backsteinhäuser, deren Fassade sich oben noch falsch weiter erstreckt. Wenig Holz ist verbaut, der vielen Brände des Mittelalters wegen (das konnte auch das allgegenwärtige Wasser nicht löschen). Schlicht-stolze Patrizierhäuser und viele Kirchen haben dieses rote Backsteinkleid und selbst die moderne Konzerthalle am Eingang der Altstadt musste ihren Beton hinter roter Verkleidung verstecken und sich einfügen. City wegen des touristischen, disneyhaften Gepräges. Vier Millionen Touristen auf hunderttausend Einwohner sind auch ein Verhältnis, das jeder Stadt ihr Anlitz rauben würde und nur eines zuließe: Unterwerfung in kommerzieller und moralischer Hinsicht, Unterwerfung, aber damit auch Sieg, denn die Touristen werden mit den eigenen Waffen geschlagen: dem Geld. Es ist unglaublich teuer hier. Selbst einfache Gerichte fangen erst ab zwölf Euro an. Ein Glas Wasser geht ab zwei fünfzig los. Und wenn man ein

Menü möchte, dann ist man ab dreißig Euro dabei. Unterwerfung und Sieg haben einen Preis, im tatsächlichen und übertragenen Sinn. Brügge ist die Inkarnation des kommerziellen Tourismus. Das ist keine Schuldzuweisung, zumindest keine einseitige, denn Angebot und Nachfrage entsprechen sich ja. Es ist also eine abstruse Form der Marktwirtschaft, quasi ein wirtschaftliches Gesetz, welches schließlich dazu führt, dass man weiterhin vom Boot oder vom Droschkenwagen aus die putzigen Häuser und die kolossalen Kirchen und Paläste sehen und auch zu Fuß hindurchwandeln kann. Aber zugleich wird die Illusion einer Geschichtlichkeit, eines Zurückversetzens zerstört, indem die Straßen gesäumt sind mit Chocolatiers, mit Restaurants, mit Nippesläden. Es ist ein hybrides Gesicht, das uns Brügge zeigt: ein geputztes, geschminktes, auch idealisiertes historisches Gesicht und eine ultramoderne, simplizistisch-ökonomische Fratze, die aus jedem der verbliebenen Einwohner einen Dienstleister macht (ein Unwort, ungleich schlimmer als Plebejer, Proletarier oder Kleinbürger). Sie werden degradiert bzw. sie degradieren sich selbst zu Marionettenfiguren einer touristischen Bühne. Sie bestücken den Wirtschaftskreislauf, in dem wir als Touristen hier eintreten, mit einem anderen, notwendigen Zahnrad, das die Maschinerie am Laufen hält, eine Maschinerie, so dass es für die Einwohner gerade noch erträglich ist, hier zu bleiben und im Strom der Besucher die Stellung zu halten. Und um die zu ertragen, um sich als Dienstleister zu ertragen, da braucht es einen hohen Preis - und den Preis zahlen wir Besucher mit jedem Bissen, mit jedem Schluck.

Ausführlicher Stadtspaziergang: der Markt mit dem Bellfried, die Liebfrauenkirche mit Michelangelos Madonna mit Kind in Carraramarmor, die Jerusalemkirche, private Glaubensstätte der Adornes, einer aus Italien eingewanderten Familie, die durch diverse Reisen ins Heilige Land wohl zu dem Kirchenbau inspiriert wurde. Es hat zumindest der weltlichen Existenz der Adornes nichts genutzt, denn die Familie (zumindest die männliche Linie) starb zwei Generationen nach dem Bau der Kirche aus. Außerdem der Beginenhof, die vielen Kanäle mit den Schwänen, der Fischmarkt, die Porterloge. Herrliches Wetter, etwas Heuschnupfen, der mit Allergiespray bekämpft wird, nachdem wir nach langem Suchen eine Apotheke gefunden haben. Überall wieder die Chocolatiers und Spitzenhäkeldeckchen-Händler, also lauter überflüssiges Zeug. Echte Bäcker gibt es wenig bis keine, alles muss zuckrig sein, cremig, sonst verkauft es sich wohl nicht.

Gent

Gent ist eine Kreuzung zwischen Brüssel und Brügge. Es hat die großstädtische Weitläufigkeit und die Umtriebigkeit von Brüssel, aber auch die wuchtigen Kirchen und Bauten von Brügge. Fast auf einer Linie liegen St. Bravo, der Bellfried, die Michaelskirche und andere Kirchen, die in ihrer Wuchtigkeit an nordische Burgen erinnern und so gar nichts Himmelwärts-Strebendes an sich haben, so sehr stehen sie mit allen Steinen fest auf der Erde und scheinen sich nicht davon lösen zu wollen. Eingefasst wird die Altstadt von zwei weltlichen Steinklötzen, dem Grafenstein und einem anderen -steen, die ebenso trutzig und drohend in sich ruhen wie ihre sakralen Pendants.

Mutmaßlicher Höhepunkt in St. Bravo ist der Genter Altar von Jan van Eyck. Zwar sagt die Überlieferung und die ältere Forschung (und ein anderer Führer, dem ich gelauscht habe), dass sein Bruder Hubert auch daran mitgemalt hat, aber laut Piet van M. ist der Altar das Alleinwerk des Jan van Eyck. Altar ist ohnehin das falsche Wort, denn es ist ein Altarbild, bestehend aus Mittelteil und zwei Flügeln. Im zugeklappten Zustand zeigt es einen ausdrucksstarken, sehr individuellen Adam (und natürlich auch die Eva), sowie das Stifterehepaar, sowie Johannes, den

Evangelikalen und Johannes, den Täufer. Eine Stadtansicht ist ebenso zu sehen wie ein kleines Stillleben, bestehend aus Handtuch, Schüssel und Kanne. Ist dies bis auf den Adam und das frühe Stillleben noch alles recht unspektakulär, so entfaltet sich die ganze Pracht des Bildes - nun ja, im entfalteten, also geöffneten Zustand. Hier bilden Gottvater, der taubige Heilige Geist und das Jesus-Lamm die Mittelachse. Das Lamm befindet sich auf einem Altar und blutet, symbolisiert also die Opferung des Gottessohnes. Diesem Aderlass wohnen nicht nur die Engel und die Heiligen des Alten und Neuen Testamentes bei, sondern auch die Märtyrer, die Glaubensritter, die Eremiten und viele andere. Im Hintergrund liegt das ewige Jerusalem. Das Bild ist von einer erstaunlichen Präzision. Alle Gesichter sind nicht nur individuell, sondern auch äußerst sorgfältig ausgearbeitet. Laut unserem Führer sind bei den Bäumen sogar die Nerven der Blätter unter der Lupe sichtbar. Jan van Eyck will damit eine Präzision erreicht haben, die zwar nicht für den normalen Menschen, wohl aber für Gott sichtbar ist. Die Räumlichkeit ist recht gut gelungen für ein Bild von 1432 und die Farbigkeit ist verblüffend. Trotzdem spricht es mich, vielleicht wegen der Motivwahl, nicht besonders an. Ein Lamm auf dem Altar als Mittelpunkt ist doch befremdlich, wenn man nicht völlig in der Symbolik der Christenheit lebt.

Die Genauigkeit und die Detailversessenheit des Malers ist sicherlich bewundernswert und vermutlich in dieser Form nicht mehr erreicht worden; dennoch ist ein logischer Fehler in dem Bild, der die ganze tönerne Füßigkeit dieses Glaubens illustriert. Jan van Eyck hat, bestimmt ohne lange nachzudenken, Adam und Eva mit Bauchnabel gemalt. Nur können die beiden selbigen nicht besessen haben, da sie ja nicht entbunden worden sind. Man kann einwenden, dass sie so konstruiert seien, damit sie ihrem kommenden Nachwuchs entsprechen. Allerdings kam die Sache mit dem Nachwuchs ja erst nach der Vertreibung aus dem Paradies, also dem unvorhergesehenen Zwischenfall, der Gott bekanntermaßen erzürnt hat. Adam und Eva waren anfangs nicht dafür bestimmt, Kinder zu zeugen, sie sollten ja nur Gott anbeten und die Dinge auf der Welt benennen. Wenn die Fortpflanzung nicht geplant war, dann war ein Bauchnabel bei Adam und Eva überhaupt nicht denkbar. Gott hätte ihnen keinen gegeben, weil 1.) sie ohnehin nicht geboren waren, 2.) sie nicht zum Gebären bestimmt waren und daher keine an den Haaren herbeigezogene Angleichung mit den Kindern nötig war und 3.) weil die beiden nach Gottes Ebenbild erschaffen waren und jener ja erst recht keinen Bauchnabel hat. Mit diesem Bauchnabelproblem ließe sich bestimmt ein ganzes Jesuitenkolleg auf Jahre hinaus beschäftigen.

Mein persönliches Highlight fand sich allerdings in der Krypta von St. Bravo. Hier, wo man die erste romanische Kirche als Fundament für den folgenden gotischen Bau genutzt hat, sind Bilder aus dem Museum für Schöne Künste ausgestellt, welches zur Zeit umgebaut wird. Dort hängen zwei Boschs. Der eine, den Hieronymus zeigend, ist nur mild verstörend. Die Pflanzenwelt ist bizarr, aber dezent im Hintergrund. Die Landschaft ist zwar hell und grün, aber gespenstisch leer und wirkt wie aus einem Traum, obwohl nichts Surreales an ihr ist. Hieronymus liegt bäuchlings am Boden und hält einen Christus am Kreuz umschlungen. Man meint einer intimen Szene beizuwohnen. Der Heilige ist ähnlich gekleidet wie der gekreuzigte Jesus, nur wirkt er roher, verwilderter, und so ist es auch kein Wunder, dass der Löwe (unverzichtbares Insignium des Hieronymus neben dem roten Hut - letzterer liegt achtlos an der Peripherie der Szene, als wäre er rasch abgeworfen worden, um den Christus zu umarmen, Leidenschaft duldet keinen Aufschub, erst recht, wenn der Geliebte, genauer: der Angebetete, die einzige Person in der Einsamkeit ist), es ist also nicht verwunderlich, dass der Löwe katzenhaft klein wirkt, ist er doch im Vergleich zur Unbedingtheit, zur Selbstaufgabe des Hieronymus nur ein Schmusetierchen, und man hat als Betrachter mehr Furcht vor dem verfilzten Bart, den eingefallenen (und doch Raserei abbildenden) Zügen des Heiligen als vor dem Leu.

Das zweite Bild von Bosch überragt alles zuvor Gesehene. Auf den ersten Blick sieht es nicht fünfhundertjährig aus, sondern man meint, einen Expressionisten vor sich zu haben, ein Bild vom Schlage eines Otto Dix oder eines Beckmann. Fast die gesamte Fläche des Bildes besteht nur aus Gesichtern, aus verschiedensten Gesichtern, die alle in andere Richtungen blicken, alle einen individuellen Blick haben und alle (bis auf einen) die Rohheit, die Gemeinheit in ihrer Fratze tragen. Das Bild heißt „Die Kreuztragung" und das einzige Gesicht mit Anstand, besser: Demut, Verklärung, Weltabgewandtheit, Göttlichkeit, Entspannung ist natürlich das von Jesus. Er bildet das Bildzentrum und das Kreuz, das er trägt, ist Teil der Bilddiagonale. Trotz seiner zentrierten Stellung geht er völlig unter in dem Fratzenauflauf. Da sind Männer und Frauen, hell- und dunkelhäutige, Soldaten und Bürger und Bauern und alle sind abstoßend und viehisch und die Gemeinheit, die Dumpfheit stiert aus ihrem kaum menschlichen Antlitz. Selbst die Veronika, die den Abdruck von Jesus' Gesicht im Schweißtuch aufgefangen hat, lächelt tückisch und verschlagen und es ist keine Trauer über den sterbenden Heiland im Blick, sondern sie schaut stolz und zufrieden auf das Tuch, von dem man meinen könnte, dass sie es gleich meistbietend verkaufen wird. Jesus geht also in der Rohheit der Menschen unter, er scheint umsonst gestorben, er ist wirklich nicht von dieser Welt, sein Wesen, sein Ausdruck haben nichts gemein mit den Gemeinen, er ist kein Menschensohn, er ist der Antipode, das Gegenbild, er ist außerdem auf dem Bild fast durchsichtig, wie in einem Gaze-Schleier, während die Gesellen um ihn herum farbkräftig aufscheinen. Jesus hat also keine Fleischlichkeit, er ist ganz Geisteswesen und so wie er das Kreuz trägt, scheint es, als wäre es eine private, längst abgeschlossene Sache für ihn. Der ganze Aufruhr, die Menge, das Durcheinander stören ihn nicht, er geht seinen Weg, er hat die Augen geschlossen, er braucht sie nicht, er braucht auch keine Menschenhilfe, es gibt niemanden, der ihm das Kreuz abnimmt, der um ihn weint, der die Hände ringt. Es sind zwei Parallelwelten, die sich in diesem Augenblick nur flüchtig streifen, aber füreinander keine Bedeutung haben.

Brügge

Tour de force: In einem Kraftakt durcheilen wir die Sehenswürdigkeiten der Stadt. Beginnend mit der Salvatorkirche und irgendeiner Reliquie (Karl der Kühne? Ursula?), dann weiter zur Liebfrauenkirche, ein Altarbild vor den Marmorsarkophagen von Karl dem Kühnen - oder war es Margarete von Burgund? Die verwandschaftlichen Bande sind ineinander verschlungen und lassen sich nicht entwirren. Erst im Gerichtssaal der Freien Grafschaft Brügge kommt etwas Klärung: Da ist also Karl der Fünfte, im Zentrum, der Habsburger-Spanier-Kaiser. Er hat die Franzosen besiegt (Franz der I. oder II.). Seine Eltern sind *Juana la loca* und Philipp der Schöne - denn erst dadurch kamen Spanien und Habsburg zusammen. Juanas Eltern waren, wie wir aus dem Andalusienurlaub wissen, Ferdinand und Isabella, die Aragon- bzw. Kastilienherrscher. Von der Philipp-Seite her ist für mich alles schon wieder vergessen. Jedenfalls hat Karl V. seine Schwester Eleonore mit Franz von Frankreich verheiratet. Damit war endlich Ruhe im Krieg. Die Flandern atmen auf, die Franzosengefahr ist abgewehrt, ein neuer Lehnsherr ist gefunden. Nach Karl V. teilt sich das Reich wieder in Habsburg und Spanien auf. Letzteres erhält Flandern und von da an gibt es viele Philipps, bis es keinen Philipp mehr gibt und der spanische Erbfolgekrieg ausbricht.

Zurück zur Besichtigung: Der Gerichtssaal war damit abgehakt, zusammen mit dem titanischen Kamin, in dem all die Portraits und Wappen um die Holzstatue von Karl V. verewigt sind. Weiter ging´s mit dem Rathaussaal und dem St.-Johannesspital, das jahrhundertelang ein Hospiz für Arme, Kranke und Irre war, zunächst unter Leitung von Laien, später von den Augustinern. Dort stehen wir etwas unberührt vor Memlings Altarbildern (en gros und en miniature) und blicken in die fein gearbeiteten Gesichter der Stifter, ihrer Schutzheiligen und natürlich in die der dargestellten Gestalten, wie z.B. eine Kreuzabnahme oder ein doppeltes Johannes-Altarbild (Täufer/Evangelist). Alles vermutlich ganz gut, aber uns konnte die Bedeutung des Gesehenen nicht nahe gebracht werden.

Nachmittags im Groeningen-Museum. Dort eine extra Memling-Ausstellung. Die Bilder sind sehr stereotyp - schließlich waren sie Auftragsarbeiten. Menschen im Halbportrait, Brustbild, die Hände am unteren Bildrand gefaltet oder eine Münze oder einen Pfeil umschließend, Kaufmannsgesichter, Adelsgesichter, sehr realistisch bis hin zu den Bartstoppeln und der verunglückten Frisur. Der Hintergrund oft eine Landschaft, gesehen durch ein Fenster, weitläufige Natur. Das Zentrum der Helligkeit liegt quasi hinter dem Kopf des Portraitierten. Der Himmel ist auf der Höhe seiner Ohren weiß und dunkelt nach oben hin ins Blaue, während sich nach unten die grüne Landschaft oder ein neutrale Farbe hinzieht. Beachtenswert: Die Frau hinter dem Schleier, verhaltenes Lächeln, Mona-Lisa-Ausdruck, als spotte sie stumm dem Betrachter zu. Neben den Portraits weitere Memling-Bilder: Das überrealistische Stifterbild eines Kanonikus, der, in seiner ganzen hinfälligen Siebzigjährigkeit, in schlichtem Weiß gewandet, neben der Madonna kniet, in den gefalteten Händen die Bibel und eine Brille. Die Madonna hält das Jesuskind in den Armen, welches ihm, dem Stifter, wie als freundlichen Gruß, ein Blumensträußchen reicht. Er kann es nicht annehmen, er hat ja die Hände voll mit Bibel und Brille und würde auch niemals aus seiner knieenden Haltung herausfinden, die Adern an den Schläfen schwellen ihm ja jetzt schon, beim Nichtstun. Die Wange legt sich in dreifache Falten, das Gesicht ist halb streng, halb altersmilde, er scheint nicht mehr zu wollen als zu knien, und das Jesuskind wird bis in alle Ewigkeit sein Sträußchen nicht loswerden, auch die Maria wird nichts tun, was die Szene beschleunigt oder verändert, sie scheint eher abfällig und spitz aus den Augenwinkeln heraus an dem irdischen Störenfried vorbeizublicken, sie ist ganz steif erstarrte Heiligkeit, voll der Kälte einer hochadeligen Person. Daran können auch die beiden anderen Gestalten nichts ändern, die dem Kanonikus beistehen, ihn eingeführt haben in diese überaus ehrenwerte, heilige Gesellschaft, und während die linke der Figuren, San Domenicus, die gleiche Starrheit und Kälte in Blick und Figur hat wie die Maria und zur Salzsäule verfestigt ist in seinem wuchtig-ausladenden Ornat (wie prächtig im Vergleich zu dem linnenweißen Stifter), so macht die rechts stehende Figur, die sich dicht beim Kanonikus befindet und in voller Kampf-, also Rittermontur erschienen ist, schon einen sympathischeren Eindruck. Ein Engel in Waffen, mit lockerem Haar und jugendlicher Frische, nicht so abgehärmt wie Domenicus, nicht so puppenhaft wie Maria und entschieden mehr voller Leben als der kniende Stifter. Der Ritterengel (der Name ist mir entfallen) stellt den Kanonikus mit einer Geste der Maria oder dem Jesuskind vor, mit heiterer Gebärde, und anstatt dass der Stifter sich mit einem netten Satz oder einem Geschenk liebkind macht bei Maria und Kind, fällt ihm nichts Besseres ein als hinzuknien, die Arme voll eigenem Kram (Bibel und Brille) und kann deshalb nicht einmal die Blümchen annehmen.

Nicht nur der Stifter ist fotorealistisch abgebildet, auch die unbelebten Dinge sind peinlich genau abgemalt. Der schwere Stoff des Domenicus, blauer Ornat mit goldener Verzierung, hat genau die Textur, die Stofflichkeit, die man von so einem Mantel erwartet. Ebenso die Rüstung des Ritterengels. Hier stimmt das Schimmern, die Politur, die Metalligkeit, und man erkennt sogar, wie sich Marias rotes Gewand in den Knieschützern des Engels spiegelt. Und trotz aller Kunstfertigkeit - das Bild macht nur den Eindruck einer Fleißarbeit. Und wenn wir auch erfahren, dass der Maler ein dutzend Farbschichten zum Teil hat auftragen müssen (wobei jede Schicht natürlich zunächst trocknen musste), so bestärkt es nur das Urteil, dass es sich hier um großartiges Handwerk, aber vielleicht doch nicht um allergrößte Kunst handelt.

Antwerpen

Die Melancholie des letzten echten Urlaubstages, sie hätte die heutigen Gefühle bestimmt, wenn nicht (körperlicherweise) sich ein Unwohlbefinden gezeigt hätte. Seit gestern rauscht das Essen durch den Darmkanal hindurch und will sich nicht verdauen lassen. Heute deshalb das Frühstück geschwänzt und erst zum Mittagsimbiss etwas gegessen. Dies war eine Einladung des Reiseleiters und es gab eines dieser vielen fettigen Essen: Brot mit Schinken und Käse, wahlweise auch mit Zwiebeln und scharfem Senf aus Dijon. Vom Schinken gekostet und ein wenig auch vom Käse, ansonsten die Antwerpener Toiletten aufgesucht und, ganz nebenbei, noch drei interessante Besichtigungspunkte angeschaut: erstens das Rubenshaus, mitten in der Stadt, prächtig, aufwändig, und mit schönen Selbstportraits des Malers. Außerdem eine suggestive, ganz in Grau und Brauntönen gehaltene Skizze einer Schlacht. Dann, zweitens, die Kathedrale mit weiteren Rubensbildern, darunter herausragend die Kreuzaufrichtung. Wie sich die fleischig-muskulösen Körper mühen, sich stemmen, zerren und ziehen und drücken, um das Kreuz mit dem arg lädierten Jesus in die Vertikale zu hieven! Es ist alles Bewegung, Dynamik, Kraft, und alles ist fließend, es gibt kaum eine scharfe Linie, alles wird durch Farbabstufungen bewirkt, das Fleisch und sein Schweiß glänzen oder schimmern bronzen. Die Haut des gemarterten Jesus hat schon die Aschfahle des Sterbenden, doch selbst auf seiner Bauchdecke ist noch das schwache Glimmern des Todesschweißes zu erkennen. Von den Flügeln des Altarbildes zeigt der linke ein paar erschrockene Frauengestalten, während der rechte einen reitenden Römer aufweist, der seine Schergen anzutreiben scheint, die Opfer rascher ans Kreuz zu schlagen. Nettes Detail: Gerade bahnt sich eine Sonnenfinsternis an, doch der Römer merkt noch nichts davon, ahnt nichts von dem unheilverkündenden Vorgang, dass hier Mächtigeres geschieht als er sich vorstellen kann. Sein Pferd ist das einzige Lebewesen auf dem Altarbild, das den Betrachter fixiert und in seiner dunklen, muskulösen Wildheit scheint es schon einen Teil der Dämonie der Sonnenfinsternis widerzuspiegeln - oder natürlich nur Abbild der Brutalität seines Herrn zu sein. Man erkennt sogar die Adern an der Brust des Pferdes, die sich wie Spinnweben oder eine Marmorierung abzeichnen. Weniger spektakulär sind die Kreuzabnahme und Maria Himmelfahrt.

Der dritte Besichtigungspunkt war das Museum der Schönen Künste. Hier eilen wir (wie in Brüssel) viel zu schnell durch die Korridore und der Reiseleiter verliert nur ein paar, oft wenig aussagekräftige Sätze pro Bild. Ein Rubenssaal lockt mit vielen großformatigen Objekten. Dazu gibt es van Dycks (der Meister der Schwarztöne und der Hände) und einige Primitive. Erstaunlich: das Frühwerk von James Ensor. Ganz anders als die ungelenken Maskenspielereien, für die er verehrt wird, stechen zwei seiner ersten Bilder hervor. Einmal eine Frau an einem reich gedeckten Tisch. Alle Gegenstände darauf schimmern in eigenen, satten Farben. Hier ist zwar nichts realistisch, aber quasi hyperrealistisch verfremdet, so dass man die Objekte wie in ganz verschiedenen Lichteinfällen zu sehen scheint. Allein die Weißweinflasche auf dem Tisch ist herausragend, und sie fügt sich mit den anderen dargestellten Objekten zu seiner vielfarbigen und doch geschlossenen Komposition. Das andere Bild von Ensor ist eine Wolkenszene. Hier stauen sich schwarze und weiße Wolkenbänke über einer See. Man erahnt winzige Fischerboote. Das Bild entbehrt fast jeder Gegenständlichkeit. Wolke und Meer sind nur angedeutet, aber in gewittrigen, drohenden Farben ausgeführt. Es scheint, als blute die Wolke bereits ins Meer hinab, als verfluche sie das Licht, das sich durch sie bricht, und sie lässt selbiges nur in düsterer, unheilverkündender Form zu.

Das unvermeidliche Resümee der Reise: Gutes Mittelmaß. Von den Objekten her hätte es genial werden können, aber dazu hätte es eines genialen Reiseleiters bedurft, wie z.B. des toskanischen oder der sizilianischen Führer(in). Das war hier leider nicht der Fall. Herr Piet van M. war gut, aber oftmals nicht besser als ein beliebiger Führer in einem beliebigen Museum. Er verstand es nicht, eine kontinuierliche Entwicklung der Malerei zwischen 1400 und 1650 darzulegen. Das Bildmaterial dazu hätte er in Hülle und Fülle gehabt. So bleiben nur die beiden isolierten Hauptpunkte im Gedächtnis: Memlings und van Eycks Detailversessenheit und, viel später, Rubens frühbarocke Pracht. Wie sich das eine vom anderen maltechnisch unterscheidet, wie der Weg vom ersten zum zweiten war, was die Italiener zur selben Zeit gemacht haben - all das wurde leider nicht in ausreichender Form angesprochen. Es bleibt die Erinnerung an einige großartige Werke (Breughels Winterlandschaft, Boschs Kreuztragung, eine impressionistische Winterlandschaft), aber der berühmte rote Faden ließ sich nicht blicken. Natürlich werden die Mitreisenden das anders sehen. Sie glühen wieder vor Begeisterung, die alten Leute, sie nicken alles ab, was man ihnen vorsetzt (und seien es Jacques-Brel-Chansons während der Fahrt), und wenn der Reiseleiter sagt, dies sei grandios oder jenes nicht, dann plappern sie das nach und suchen nach Bestätigungen im Bild. Sie scheinen froh zu sein, dass sich jemand dienstbotenmäßig um sie kümmert (im kulturellen Sinn natürlich) und da sie völlig von ihm abhängig sind (denn selbst können sie kaum die Bilder zuordnen), gebärden sie sich als Ja-Sager. Dann fallen Begriffe wie „grandios" oder (beim Abendessen) wie „delikat" und diese geschraubte Wortwahl sagt mehr über den Sprecher als über das Besprochene aus. Es sind Kunstwesen, die da auf Kultur-Reise sind, sie müssen wie der Klumpen Lehm, aus dem der Rabbi den Golem formt, erst mit Leben behaucht werden. Und dies muss ein fortlaufender Prozess sein, man muss sie ständig zum Leben erwecken, man muss sie bereden und sie danken es mit Nicken und Bewunderung. Doch selbst wenn man alle Vorsicht walten lässt und wie Piet van M. manche Dinge dreimal wiederholt, bricht die Leblosigkeit, die aufkeimende Existenzunfähigkeit in ihnen durch: Sie fragen nach, sie fragen nochmals falsch nach, sie wiederholen Dinge mit entstelltem Sinn, sie plappern missverständlich und so wird selbst die Mitteilung des Reiseleiters, wann wir uns zur Rückfahrt treffen, zu einer Monty-Python-würdigen Szene. Oder, noch schlimmer, wenn es darum geht, zwischen zwei Essen zu wählen. Man müsste glauben, nichts einfacher als das. Aber nein, es kommt immer wieder zu Komplikationen und Missverständnissen, und dieses an der Grenze zur Leblosigkeit wandelnde Häufchen, es überschätzt völlig seine eigene Situation, es brabbelt und protzt mit früheren Reisen, als wäre es Marco Polo persönlich, es gibt sich weltmännisch und plustert sich auf - und doch ist es nur heiße (oder grabeskalte) Luft, die da entweicht, und man schaudert zurück vor so viel Hohlheit, vor dem Schrecken, dass diese Menschen, obwohl sie alle Möglichkeiten hatten (finanziell vor allem), es nicht geschafft haben, einen eigenständigen Kunstsinn zu entwickeln und, vor allem, die eigenen Grenzen zu erkennen, bescheiden zu sein. Einige wenige Ausnahmen gab es dann doch in der Gruppe: das alte schwäbische Ehepaar, das nonchalant und gemütlich zu erzählen weiß und Selbstironie zeigt. Oder das etwas jüngere schwäbische Ehepaar (der Mann wie aus einem Memling-Bild entsprungen: scharfe, hagere Gesichtszüge, ebenso die Frau mit Igelfrisur). Da spürt man ein bisschen innere Weltkenntnis (paradoxer Begriff, aber er trifft den Kern), ein bisschen Demut und das Wissen um die eigene Stellung. Furchtbar wichtigtuerisch: ein Hamburger Ehepaar, das von seinen Mongoleireisen erzählt, vom eigenen Haus in Frankreich, von den Weingütern, von denen es sich beliefern lässt, vom Sohn, der Wirbelsäulenimplantate erfunden hat, vom Schwiegersohn, der bei den besten Architekten Deutschlands arbeitet, von sich selbst natürlich auch, wie sie den Gefahren der isländischen Gletschern entronnen sind, wie sie den Nahen und Mittleren Osten im Alleingang bereisten, wie sie in Indien fast an der Cholera verendet wären und wie er, der Ehemann und Held all dieser Abenteuer, natürlich auch die Finger bei der ersten Herztransplantation auf deutschem Boden im Spiel gehabt hatte - was für penetrante, eitle, eifernde, überhebliche Idioten! Und mit diesen wütenden Worten endet der vorläufig letzte Kulturreise-Bericht, denn es bleibt offen und abzuwarten, ob wir diese Art des Urlaubs nochmals mitmachen, zu sehr nerven mittlerweile die verkrusteten Leute, zu unterdurchschnittlich war manche Reise. Mal sehen, wofür wir uns im nächsten Jahr entscheiden.

Niederlande (2009)

1

Kleines Land, widersprüchlicher Doppelname: die flachen Niederlande - oder das aus dem Wasser ragende Hochland / Holland? Egal welchem Namen man mehr zuneigt, das Land empfängt den Reisenden zunächst mit Idylle. Wenige Meter neben den Autobahnen erstrecken sich fett-grüne Weiden, auf denen Rind, Ziege und Schaf grasen. Pferde stehen in Gruppen oder einzeln auf weitläufigem Gelände. Nie ist ein Wäldchen weit entfernt, nie muss man viele Schritte tun, um einen Teich oder ein Flüsschen zu finden.

Eben jenes Element Wasser, das umso gegenwärtiger, breiter wird, je mehr man nach Westen, zur Küste hin, reist - eben jenes Wasser scheint das Eigentümliche des Landes - nicht zu SEIN, sondern zu formen. Fängt es nicht schon bei den Städtenamen an? Maastricht, Utrecht - die Endsilbe „tracht" in vielfältiger Form ist allgegenwärtig. Was so holländisch klingt, hat seine Wurzeln aber im Lateinischen: die Tracht war bei den Römern ein Trajektorum, also eine Stelle zum Übersetzen, also eine Furt. Und so wie es in Deutschland ein Frank-furt gibt, so gab es ein Maas-trajektorum, wo man den Fluss Maas überqueren konnte. Verkürzt auf holländisch wurde daraus Maastricht.

Weniger idyllisch sind andere Anblicke: Gewächshäuser für Tomaten, Gurken und all das andere Gemüse, was zwar so heißt, aber nie so schmeckt. Namen können in die Irre führen, zumal in einem doppelnamigen Land wie Nieder-Holl-Land.

Blick in die Historie: das Land der wechselnden Herrscher. Mal war es das Ostfrankenreich oder das Heilige Römische Reich

Deutscher Nation, welches hier seine Außenposten hatte. Mal gehörte es den Burgundern, dann den Habsburgern, schließlich den Spaniern, dann dem revolutionären Frankreich. Schließlich die Unabhängigkeit, es entsteht das Königreich der Vereinigten Niederlande - nur um allzu bald eine Abspaltung zu erleiden, allerdings keine fremdverschuldete, sondern sozusagen eine interne Rebellion: Belgien will sein eigener Staat sein, und so bleibt übrig, was man heute noch in etwa besuchen kann: ein in eine Küstennische gepresster Staat, halb im Meer gelegen, aber durch ebendiese Randlage (Rand in Europa, Rand des Kontinents, des Elements Erde), durch diese Randlage aber auch wieder ausgezeichnet, bevorteilt: Wer schon halb im Wasser lebt, kann die besten Häfen bauen, der saugt die Internationalität, die Handelsströme in sich auf. Globalisierung en miniature. Umschlagplatz nicht nur für Waren, sondern auch für Menschen, vor allem aber für zwei Dinge: Geld und Ideen. Und wo diese beiden in Kontakt kommen, da kann etwas aufblühen, nicht immer und überall, aber wenn etwas so Pathetisches wie Freiheit dazukommt, dann beginnt das Goldene Zeitalter (Titel der Reise heute - und des 17. Jahrhunderts hier), dann wachsen die Hohen Künste im Nieder-Land.

Fahrt über deichhohe Straßen: Polderlandschaft. Dem Meer abgerungen? Nein: dem Meer abgegraben und aufgehäufelt. Ständiger Kampf gegen das Wasser. Sisyphus-Arbeit, immer und immer wieder das abzupumpen, was natürlicherweise die Landschaft aufzufüllen, zu überschwemmen droht. Doch droht das Wasser nicht. Wie alles Elementare, wie alles A-Biotische und Biotische ist es a-moralisch. Es sickert zum Beweis seiner ihm innewohnenden physikalischen Kräfte dorthin, wo es ihm Druck, Gefälle und kommunizierende Röhren befehlen. Der Kampf der Menschen gegen einen blinden, aber nicht blind-wütigen Gegner: eine zutiefst duldsame Arbeit, nur mit Stetigkeit und innerem Gleichmut zu erledigen. Zugleich aber auch einen höchst stupide

146

Tätigkeit: die immer-gleiche Handlung zum immer-gleichen Zweck gegen einen immer-gleichen Gegner gerichtet. Kein Wunder, dass Maschinen dies seit Jahrhunderten zu erledigen helfen: Windmühlen, Schöpfräder. Statt Mensch gegen Natur heißt es schon lange: Maschine gegen Natur. Der Mensch hetzt das Eine gegen das Andere, sich selbst zum Nutzen. Und für diesen Zweck fördert er die Maschine, baut sie aus und um, und zu diesem Zweck zwingt er Natur und Elemente zurück, dämpft sie ab, leitet sie in Rückzugsgebiete. Also eine zutiefst menschliche Handlung: Kultur über Natur. Mensch als einziges Tier, das seine Natur aktiv, vorausschauend und kumulativ verändert. Auch hier keine Moralität. Es ist sinnlos zu fragen, wo es dem Wasser besser „geht", was sein legitimer Aufenthaltsort ist. Über Jahrtausende hinweg verschieben sich ohnehin Küstengrenzen, vereisen Meerengen oder türmen sich Gebirge auf. Und so wie sich die Natur nicht beklagen kann oder darf, so aber darf der Mensch nicht jammern, wenn das Meer zurückkommt, wenn Flut und Beben oder Dürre und Seuche kommen. Auch damit geht kein Zweck einher und es ist daher zwecklos, sich zu beklagen. Man bejammert nur sich selbst. Da es keinen wirklichen Adressaten für den Unmut gibt (sinnlos sich selbst zu verfluchen), muss man Götter oder Elementarwesen erfinden. Ihnen gilt dann Verehrung, solange die Natur sich domestiziert verhält; ihnen lobpreist man, heimlich sich rühmend, wie man durch Gebet und Brandopfer etwas in Schach hält, was man in Herz und Hirn nicht versteht (und nie verstehen kann, da kein Plan sich dahinter verbirgt). Doch wehe, das Element schlägt zurück! Aber auch da wähnt sich der Mensch im Vorteil. Nun kann er Fluchen, nun kann er Götterstatuen zerschmettern, kann neue Götzen anbeten oder (wie es meist geschieht), das nächste Mal doppelte Gebete, doppelte Opfer erbringen, und, da es gemäß dem Zufall irgendwann wirken muss (sein Opfer, sein Gebet), ist hier eine Aufrüstung zu beobachten, ein Spirale des Aberglaubens und der Reli-

147

giosität, so wie sich der Schamane in seinem Tun bestärkt sieht, wenn nach seinem Regentanz endlich die Wolken sich entladen (und dabei verdrängt, dass sein Tanz gestern und vorgestern ohne Antwort blieb). Doch es zählt nur die Bestätigung der selbst-gestellten Prophezeihung. Man betet damit den Würfel an und sieht sich bestätigt, wenn er die Sechserseite zeigt. Dieses magisches Denken bläht sich auf (denn irgendwann einmal kommt immer die Sechs, irgendwann einmal kommt immer der ersehnte Regen), und die vergeblichen Beschwörungen werden nicht als Versagen des Prinzips an sich gedeutet, sondern als Mahnung begriffen, das nächste Mal noch inbrünstiger zu beten, noch eine höhere Kirche zu bauen, noch zwei Tiere mehr zu opfern, noch mehr Dinge den Flammen zu weihen.

Abends am Tisch: Der Sammler. Fotografiert Kirchenarchitektur. Füllt Album um Album, von der Frau liebevoll verspottet. Ein Privatgelehrter, ein nur für sich Sammelnder? Nein, ein Forscher, ein Katalogisierender, der die Regelmäßigkeit menschlichen Tuns dokumentiert. Der Analogien aufdeckt, Verwandtschaftsbeziehungen erstellt zwischen Bauten, die viele Kilometer auseinanderliegen. Er ist den Memen auf der Spur und weiß doch auch, dass sein Wissen niemandem zugute kommt, solange er nichts oder niemanden findet, der seine Passion teilt. Er muss also selbst ein Mem-Begründer werden, jemand, der nicht nur für sich selbst Wissen aufhäufelt, sondern auch Wissen teilt. Doch mit wem? Er findet keine Resonanz in der Familie. Hat er einen Verein, Gleichgesinnte, Brieffreunde? Eher nicht. Damit wäre seine Aufgabe ähnlich zwecklos wie das Entwässern der Landschaft, noch zweckloser eigentlich, denn während die Polderlandschaft ja noch Ertrag abliefert, betreibt der Sammler ein karges, nutzloses Geschäft. Niemandem nutzt er - außer seiner ihn treibenden Neugier.

2

Kann man noch etwas Neues über ein Gemälde von Adam und Eva erzählen? Unser Reiseleiter kann es tatsächlich! Zwei Gemälde des Sündenfalls sehen wir im Frans-Hals-Museums, und jedes legt das Gewicht des Erzählens auf einen anderen Moment - und dies im wortwörtlichen Sinne. Denn ein Gemälde ist eine Momentaufnahme, ein Schnappschuss (geradewegs wie die Stiftungs- und Regentenbilder von Frans Hals, wo die alten Verwalterinnen in ihren weißen Hauben und hochgeschlossenen schwarzen Kleidern einträchtig um einen Tisch sitzen und ihr Geld zählen, ihr Ausgabenbuch beschreiben und wo höchstens ein schmuddeliges Kind in der Bild-Ecke stehen darf, um darauf zu verweisen, dass es sich hier um ein Waisenhaus handelt und nicht um einen Bridge-Abend alter, gelangweilter Damen; genauso wie auch die Männer-Bilder der Vereine und Bürgerwehren und Pilger einen Moment abzupassen scheinen, in dem alle Köpfe aufblicken (auch wenn nicht jeder den Maler direkt anblickt), wo die Fahnen und die Schärpen scharf oder unscharf sich abzeichnen und das reichhaltige Festmahl auf dem langen Tisch nur ein wenig angeknabbert ist, aber der lange Genuss noch bevorsteht). Ein Schnappschuss also, und genau wie man bei einem kommenden Autounfall den Hergang in einzelne Bilder zerlegen kann, wo jedes Bild eine eigene Geschichte zu erzählen scheint und - noch wichtiger - eine neue Sicht auf die Schuldverteilung des Unfalls wirft, so gestaltet der Maler den Augenblick so, wie er den Ablauf des Sündenfalls interpretiert haben möchte: In dem einen Gemälde weist Adam den Apfel ab, den ihm Eva hinreicht. Noch zögert er, aber er lässt sich ver-führen, er, der muskulös Bepackte, Anpackende, Gestaltende, rationale Mensch; er lässt sich verführen durch Eva, weniger durch Argumente, als durch die Suggestion, die Verführbarkeit der Worte. Eva also als

Triebwesen, mit der Schlange im Hintergrund: der Trieb also, der die Ratio hintergeht, zu etwas verleitet, was ins Unglück führt. Ganz anders im zweiten Gemälde. Hier greift Adam entschlossen nach dem Apfel, während Eva noch mit der Schlange debattiert und wie fragend den Kopf zurückwirft und die Hand hebt. Hier packt ein gedankenloser Adam zu, und die Dinge, die da kommen, sind im Bildneben- und hintergrund drohend dargelegt: Ein Bluthund schaut finster den Betrachter an. Ein Bär streckt seine witternde Schnauze hinter einem Baum hervor, und hypnotisierend aus dem Schatten heraus starrt ein Löwe den Betrachter wie auf Beute lauernd an. Die Aggression in diesem Garten Eden ist schon auf dem Sprung; es braucht nur das Auslösen dieses einen Federchens, damit das gesamte Getriebe umgeklappt, verwandelt wird, dann, endlich, brechen Blutdurst, Kampf, Mühsal hervor, dann greift das Opfer-Beute-Schema, dann zerfällt die Welt in ein ungelenktes Chaos, wo ein jeder den anderen metzeln will, nicht aus Sadismus, sondern um den eigenen Lebensfunken ein wenig länger brennen zu lassen, indem man die Lebensenergie eines anderen Wesens in sich vereinnahmt.

Nicht nur die Gegenüberstellung Ratio zu Trieb, oder: Ordnung gegen Chaos fasziniert hier, sondern auch (auf der berühmten Meta-Ebene) der Umgang des Malers mit den Gefühlen des Betrachters. Jetzt, in jenem Jahrhundert, emanzipiert sich der Maler: vom Handwerker, der gewissermaßen nur bestimmte Zeichen und Konventionen reproduziert (wie die Ikonenmalerei) hin zu einem echten Gestalter, Künstler, Manipulator, der es versteht, Spannung zu erzeugen, Gefühle zu erwecken, egal ob es sich dabei um romantische oder grausame oder mitleidige handelt. Der Betrachter merkt plötzlich (oder auch nicht, weil er zu dickhäutig dafür ist oder weil er sich die Illusion nicht nehmen lassen will), dass er zum Spielball geworden ist, zum Objekt, das der Maler lenken kann wie der Puppenspieler seine Marionetten. Und dabei hat der Künstler nur den einen Augenblick zur Verfügung (anders als ein Theaterautor oder ein Operndramaturg, der noch eine Dimension mehr zur Manipulation nutzen kann, nämlich die Zeit). Hier in diesem Schnappschuss, der sich erweitern muss in Vergangenheit und Zukunft, braucht es einen Betrachter, der all das mitdenken muss, der in Vorleistung geht, der zumindest in groben Zügen vertraut sein muss mit dem Vorher und Nachher, und der sich nun zum Opfer machen lassen muss, zum Opfer seines Triebes, sensationiert zu werden, etwas Gefühlsaufwallendes erleben zu dürfen, der sich hingibt und dem Maler seine Ratio, seine Gefühlswelt überlässt: Hier nimm, und gestalte etwas daraus, berausche mich!

3

Simples Denken verführt dazu, immer von einer ursprünglichen Einheit auszugehen, die im Laufe der Zeit zerstört wird, indem etwas auf- oder abgespalten wird. Beispielsweise ist in vielen Religionen anfangs eine Einheit vorhanden, die durch den Schöpfer differenziert wird. Oder der Mensch ist in einem wie auch immer gearteten Einklang mit der Natur, aus der er sich dann herausbewegt (meist unfreiwillig und als Sünder). Oder das Kind entdeckt, dass es und die Welt nicht eine Einheit sind, sondern dass es außerhalb seiner selbst nicht nur stille Objekte, sondern denkende Subjekte gibt. Ganz anders dagegen scheint es mit der Entstehungsgeschichte der Reformierten Religion zu sein. Beispiel Kirche: Im Katholizismus sind Kleriker und gläubiges Volk im Kirchenbau getrennt (durch ein Gitter namens Lettner). Im Heiligsten, wo der Chor der bevorzugten Schäfchen Gottes sich selbst auf Lateinisch feiert, wendet der Priester dem westlich von ihm versammelten Völkchen den Rücken zu und murmelt seinen Hokus-Pokus. Trennung also, von Anfang an, wobei sich hier die Frage stellt, wie es in der sogenannten Urkirche war oder wie es bei den Orthodoxen ist. Jedenfalls besteht dieser gespaltene Zustand lange Zeit, ehe er überwunden (?), geheilt (?) wird durch die Reformation: Die buchstäblich innerkirchliche Mauer (auch in den Köpfen) wird niedergerissen. Der Priester wendet sich zu den Bepredigten um und spricht in der Landessprache. Die Seitenschiffe mit ihren vielen kleinen Privatkapellen werden „gereinigt", die Götzen in Form von Heiligenfiguren und Bemalungen entfernt. Mittelpunkt der Kirche ist nun nicht mehr der vergitterte Altar, sondern die Kanzel, auf der der Priester oder Pfarrer sich mit dem Kostbarst-Ewigen an die Menschen wendet: Das Wort - oder anders ausgedrückt: Statt einem Mem, das aus Bildern und Prunk besteht, ist nun das Mem des gesprochenen Wortes, der reinen Botschaft (bzw. Indoktrination) im Vorteil. Mem-Wechsel sind auch Mentalitätswechsel, sind auch Gesellschaftswechsel, und zu diesem Zeitpunkt spielt wohl die Emanzipation der bürgerlichen Schicht die antreibende Rolle, die diesen Mem-Wechsel begründet. Wo sich Status auf Arbeit und Handel (und Sparsamkeit und Weitsicht) gründet, da gilt der Flitter wenig. Wo Händler sich nur dann vertrauen, wenn sie ihrem Wort, ihrem Vertrag vertrauen, da wird nun auch das Gottes-Wort zu einem neuen Handelswert. Waren wie Teppiche oder Seide können weiterverhandelt und herunterspekuliert werden, aber sie sind brüchig (man schaue sich nur die bauschigen Kragen der Frans-Hals'schen Figuren an oder die seidenbestickten Ärmel der Regentinnen). Dauerhafter scheint das Wort, das wechselseitige Vertrauen, mit dem sich Händler nach langer Handelsfahrt wiederbegegnen, und dem sie auch trauen können oder müssen, wenn sie in Übersee sind.

Jedoch kein Vertrauen ohne Kontrolle, so dass ein im sozialisierten Verband etabliertes Wertesystem auch ständig rückgekoppelt sein muss. Jeder muss wissen, wie man sich benimmt und ob er selber noch das widerspiegelt, was Konsens ist. Daher die puritanische Angst vor Abweichung, vor Abfall. Gemeinschaft macht stark, aber da jeder auch Freiheiten hat, muss sich die Gemeinschaft immer wieder ihrer selbst versichern. Daher die gardinenlosen Fenster. Daher die Hexenjagd. Nicht mehr ein Gott im Jenseits hat die wichtigste Richtergewalt, sondern der Mensch nimmt sich auch dieses Recht und bestimmt die Norm. Anders als in feudal-katholischen Gesellschaften, wo simple Insignien zur Sicherung der eigenen Position in der Gesellschaft dienen, muss der Konsens im Calvinismus ein moralischer sein. Wenn das Äußere nur Flitter ist, muss die innere Gesinnung stimmen. Geistiger Abfall von der Norm ist sozusagen zersetzend für die Gemeinschaft und muss daher vermieden werden. Das soll nicht heißen, dass die puritanische Gesellschaft repressiver wäre. Im Gegenteil, gerade hier blüht die Wissenschaft auf. Aber jenseits des Utilitaristischen (der Kaufmann will natürlich immer alles einfacher und besser und schneller haben, er ist der wahre erste Olympionike der Neuzeit), ist sie, was das Soziale betrifft, rigider. Selbst in ihrer Wohltat mit all den Stiftungen setzt sie die Norm, wozu und wofür und für wen.

Wem das zu negativ klingt, dem muss man die Gegenfrage stellen: Wer soll sonst die Regeln setzen? Braucht es soziale Regeln? Wie weit dürfen sie aufweichen? Wieviel Freiheit verträgt die Freiheit? Wann sind die zentrifugalen Kräfte zu groß für eine Gesellschaft? Vielleicht werden diese Fragen gerade wenn auch nicht gestellt, so doch in irgendeiner Form beantwortet.

Ganz andere Kräfte, nämlich die der Elementargewalten, sind in Kinderdijk sichtbar. Neunzehn historische Windmühlen, davon eine in Betrieb und für Besucher zugänglich, liegen verstreut in der Polderlandschaft. In einem Gehäuse aus Stein und Holz verbirgt sich die Konstruktion aus Zahnrädern, Stangen und Gewinden (sämtliche noch aus Holz), die in einem ausgeklügelten mechanischen Verfahren die Energie des Windes in eine Schaufelbewegung überführt, welche das Wasser aus der Polderlandschaft in einen höher gelegenen Kanal pumpt, der schließlich irgendwann in einen dem Meer zustrebenden Fluss mündet. Imponierend das aus der Nähe erlebte Sausen der Flügelblätter, die wie Sensen die Luft durchschneiden, genauer: denen der Wind diese Bewegung aufzwingt - nicht nur der Wind, sondern auch die Mechanik, also eine kanalisierte Bewegung, wo die ungerichtete, chaotische Energie in eine gerichtete, nutzbringende überführt wird. Zu welchem Zweck? Nicht nur, um ohne Kriege das Territorium zu vergrößern (die Niederlande wächst ins Meer hinaus, dort liegt der Lebensraum) - im echten Sinne ist das ganze Verfahren eine große Kulturleistung, denn nicht die Landgewinnung ist das eigentliche Ziel, sondern dies ist nur ein Schritt unter vielen, Teil eines Plans, wie ihn nur Menschen, nie aber Tiere fassen können; eine Kettenreaktion, wie sie in der Natur nur höchst zufällig (und damit höchst selten) auftritt. Denn die ganze „Wertschöpfungskette" geht in etwa folgendermaßen: Polder anlegen, Deiche bauen, Windmühlen bauen (die wirklich überwiegend zum Wasserpumpen und nicht zum Kornmahlen eingesetzt werden), Land entwässern, Gras wachsen lassen, Kühe und Schafe darauf weiden lassen, Tiere melken und Käse machen (oder Tiere schlachten), und die Güter konsumieren oder verkaufen.

Das guillotinenhafte Hinuntersausen der Windmühlenflügel, das ewigen Hinabsensen, vier Flügel pro Mühle, immer im Kreis; Symbol der Unerschöpflichkeit (des Wasser-Schöpfens aus den ewig flutgefährdeten Poldergebieten), Symbol der Energie, die eine Menschengesellschaft jeden Moment verschlingen muss, Energiehunger, gering am Anfang der Zivilisation, damals reichten Feuer, Kohle, Torf, Talg und eben ein wenig Wind oder Wasser. Wie anders heute: elektrifizierte Gesellschaft. Die Währung der Welt ist nicht nur Geld oder Güter oder Information, sondern auch Energie, die es erst erlaubt, Güter oder Information über den Globus zu schicken (per Schiff oder LKW im Falle der Güter, und per Glasfaser und Strom für die Information). Welche Art von Windmühle (eine Sternstunde der Erfinderkunst und eine

Sternstunde FÜR die Zivilisation), welche Art also von Windmühle braucht die heutige Welt? Sind es die Windparks? Schließt sich der Kreis: von Windmühle über Kohle, Öl, Atom wieder hin zum Wind - und zu anderen regenerativen Energien? Ist der nächste Quantensprung ein analoger: effektive Solarzellen, Biogas etc.? Welche Energie-Schöpfung braucht es für die Zukunft? Oder brechen Mangeljahre an, Rationierung der Energie, jedem ein Paket fürs Leben, Energieterror?

Wie im Kontrast dazu der museal anmutende Betreiber der Schau-Mühle hier in Kinderdijk, der per Fahrrad hergefahren kam, es an seine Backsteinmühle lehnte, sich auf die Bank setzte (zuvor noch per einfachem Seilzug die Mühle wieder in Betrieb nahm, sie kurzschloss mit dem Wind), die in Holzpantoffeln steckenden Füße ausstreckte und auf seiner Pfeife hin- und herkaute: Inszenierung einer unwirklichen Vergangenheit oder einer Sicht, eine Projektion einer Wunsch-Vergangenheit, ein Idyll, eine Einheit, die vielleicht nie war, so wie es nie eine Einheit geben konnte von Mühle mit Wind. Ein Objekt wie der Wind wird kraft eines anderen (neu erfundenen) Objekts plötzlich zu einem Antagonisten, einem Widerpart, der sich abstrampelt an etwas anderem, bislang Un-Gewesenen. Wie denkt der Wind wohl über die Mühle?

4

In der Delfter Kirche befindet sich ein Grabmal. Ein schlanker, kleiner Herr, ganz in Bronze gegossen, sitzt entspannt dort und lächelt den Betrachter mit dem immergleichen spitzbübischen, neckischen, aber auch gerissenen Gesichtsausdruck an. Während sein Gewand seine Herrschaftlichkeit widerspiegelt, ist sein Haupt unbedeckt, und der halb verglatzte Kopf mit den nur von den Schläfen zum Hinterhaupt reichenden Haarflaum will nicht so recht zu der imposanten Statuengruppe passen.

Es ist aber gerade diese Ehrlichkeit (von Natürlichkeit kann man dann vielleicht doch nicht sprechen), dass man dazu steht, dass der Befreier des Landes sich körperlicherseits in nichts unterscheidet von einem gewöhnlichen Menschen. Soll dies ein Ausdruck von Volkstümlichkeit sein? Dass man eben nicht einen herkulisierten, mit allerlei Mummenschanz aufgeplusterten Herrscher zeigt? Ist dies auf die Profanität der Reformierten zurückzuführen?

So ehrlich die Statue scheint, so rasch entlarvt sich die vermeintliche Ehrlichkeit und Volkstümlichkeit, wenn man den Blick um den Rest des Grabmals schweifen lässt. Wie prächtig, wie marmorumgürtet erscheint es! Eine Burg, eine Wehrschanze der Herrschaftlichkeit, der Kunstfertigkeit, der Selbstinszenierung! Weit hinter dem sitzenden Wilhelm von Oranien schwebt ein Engel oder eine Siegesgöttin und posaunt seinen Triumph in die Welt. In den vier Ecken der Marmorburg ragen Allegorien auf, Göttinen, die die Attribute des Herrschers verbildlichen. Und so stellt sich die Frage nach seinem Status in der Geschichte. Wer war er? Ein Statthalter der Spanier, der sich gegen die von ihm gestützte Besatzungsmacht auflehnt, eine Art Arminius, eine Art Warlord, vielleicht ein Opportunist, der so lange mit den Mächtigen mitschwimmt, mit den Wölfen heult, bis er sich selbst zum Alpha-Tier hochbeißen kann? Was ist das Analogon in der Gegenwart? Ein General, der blutig die Besatzer vertreibt, um selbst eine neue Art Besatzer zu werden?

Vermutlich hat nur sein früher Tod (durch Attentat - Ironie der Geschichte - die Kette des Verrats wird um ein weiteres Glied verlängert), vermutlich hat also sein zu früher Tod verhindert, dass er in kritischerem Licht gesehen wurde, und so diente er als unreflektierte Projektionsfläche.

5

In der Wimmelstadt Amsterdam: zähe Besichtigung von Höfen (mit oder ohne Beginen), von Art-Deco-Schmiedetoren, von Architekturen der Amsterdamer Schule. Und immer wieder sich durchquetschen, sich mitfließen lassen (aber nicht passiv, sondern ständig rudernd, ausweichend, einfädelnd, um den Anschluss nicht zu verlieren), immer den Kontakt zur Gruppe suchend, wie ein Herdentier, das sonst zum Opfer zu werden droht: beklaut, in Müll tretend, von Radlern oder Straßenbahnen überrollt, vom Moloch Amsterdam und vom Moloch Touristenschar (dessen abgespaltener Teil man ja selbst ist) verschlungen. Man ist auch Teil dessen, von dem man sich bedroht fühlt und das seinerseits das gefährdet, was besuchenswert und bewundernswert ist: Museen, Gebäude, Stadtstimmungen, Lebensgefühl: Saturn verschlingt seine Kinder.

Weiter geht es zum unnützen Besuch des Rembrandthauses. Auch hier ist man die Sardine zwischen anderen Sardinen in der Büchse, und dabei gibt es noch nicht einmal Erhellendes zu betrachten. Viel Heldenverehrung (das Bett, in dem er schlief!, der Tisch, an dem er saß!). Wahlloses Auftürmen von Alltagsgegenständen. Dabei vergessen die Besucher: Nicht auf den Menschen Rembrandt kommt es primär an, sondern auf den Künstler. Nicht auf die Gene Rembrandts oder wie er sich seinen Bart gestutzt hat, sondern auf die Meme, die er geschaffen hat (und die sich erhalten haben über die Jahrhunderte) - auf die Meme, die er in die Welt entlassen hat und die aber auch sich mit anderen Memen oder Interessen haben koppeln müssen, wie das Rijksmuseum zeigt: der vergessene, abgewertete Rembrandt wird im 19. Jahrhundert wiederentdeckt, vor einen nationalen Karren gespannt, zum Identitätsstifter, zum Stolz erklärt, um ihn herum ein Museum gebaut.

Was gibt es von ihm zu sehen? Ein paar Selbstbildnisse, die Nachtwache (letzteres zu verwimmelt, zu heterogen, zuviel Fliehkraft). Sehenswert ist anderes: die Körpersprache eines portraitierten Bürgerpaares: herausgefahrene Ellenbogen des Mannes, protzend, Alpha-Tier, am Arm behangen mit einer Frau, die sich ihn gekrallt zu haben scheint und nun mit Besitzerstolz den Betrachter anlächelt. Dann ein schönes Stilleben: der Becher halb geleert, die Party ist vorüber, die Teller gefährlich nah am Tischrand, alles fragil, flüchtig, von Chaos bedroht. Dann das Highlight: Vermeers Milchmädchen. Die Bedächtigkeit, mit der die Milch aus dem Krug in die Schale gegossen wird, die Cremigkeit, das Fließen der Milch. Die Schale beruhigt umschlossen von Brot und Körbchen, alles plastisch und doch ins Diffuse, Traumhafte gerückt. Auch die Frau in ihrer Schwere und Langsamkeit (so dickflüssig wie die herabrinnende Milch) hat etwas aus der Wirklichkeit Gerücktes an sich. Ein Hauch Traum oder Alptraum, ein Hauch Dali scheint in der Szenerie zu lauern. So erstarrt, verlangsamt erscheint alles. Die Milch könnte ewig in dünnem Tröpfchenstrahl fließen und doch niemals die Schale füllen. Die Magd gleich einem Sisyphus, das Gesicht von der geübten Handlung verschattet, ins Bedeutungslos-Entindividualisierte vergraut. Erstarrt scheint alles. Kahl die Wand, endlos öde der sich weiter nach rechts erstreckende Raum. Das Fenster wirkt perspektivisch verflacht, wie ein übergroßes Fliegengitter, das nichts hinein und nichts hinaus lässt. Das Leben einer Gefangenen, dazu so allen gesichtlichen Ausdrucks beraubt, so dass man nicht weiß, wie sie sich fühlt: sediert?, meditativ?, im Alptraum gefangen?, der Milch ewig nachblickend, dem Leben nachblickend?

Letztmals Pizzeria: Spaghetti ohne Salz und Geschmack, kräuterlos wie immer. Die Pizza halbwegs akzeptabel, auch übergegessen. Kein Olivenöl, nirgends.

In einem der Kanäle ein bizarrer Konflikt zwischen Wasservögeln. Ein Blesshuhn sitzt auf einem mehr schlecht als recht zusammengebauten Nest: an der Wandung des Kanals, wo eine anscheinend nicht mehr benutzte Rinne in das Hauptwasser einmündet, ist ein Sammelsurium aus Zweigen, Seerosenblättern und Plastikteilen aufgeschichtet. Das Huhn, breit-kugelig, schwarz, weiße Blesse über weißem Schnabel, sieht, wie ein Haubentaucher um das Nest herumschwimmt, nervös (weil beobachtet durch sein Haubentaucher-Weibchen) ein Ästchen aus dem Nest klaubt, schließlich das Blesshuhn anzugreifen droht. Das Blesshuhnmännchen schwimmt herbei, verteidigt, großes Gekräh, Drohgebärden. Dann scheint der Haubentaucher aufzugeben, schwimmt zu seinem Weibchen. Sie spreizen die Halsfedern und schauen einander aus ihren kleinen Augen an. Der Bless-Hahn verschwindet rasch, völlig unerklärlich, weshalb er die Szene so voreilig verlässt. Das Blesshuhn sitzt weiter ungerührt auf ihrem Nest. Dann, unerwartet, verschwindet der Haubentaucher im Wasser. Startet er eine neue Attacke? Trägt er jetzt den Konflikt in eine neue Dimension: nämlich unter das Wasser? Wir erwarten einen heimtückischen Angriff auf die Basis des Nestes - und irren uns. Stattdessen erscheint der Vogel mit einem Zweig im Schnabel, den er vom Grund des Kanals heraufgeholt hat und legt ihn am Nest ab. Das Blesshuhn ruckt den Kopf hin und her, ebenso verblüfft wie wir. Wieder geht der Haubentaucher unter Wasser, wieder holt er Baumaterial herbei, weiter und weiter schleppt er Ästchen, Blätter heran und baut an einem Nest, das ihm nicht gehört.

6

Höhepunkt der ganzen Fahrt: Den Haag, Mauritshaus. Nach den Gruppen an Japanern, die im Minutentakt durch das Museum geschleust werden und nur vor zwei, drei Bildern von Rembrandt und Vermeer Halt machen, kann man sich hier den Meisterstücken ungestört annähern: ungestört im Museum und auch vor dem Museum, wo man NICHT wie vor dem Rijksmuseum wie ein Terrorverdächtiger geröntgt, gefilzt, zum Bittsteller, Störenfried degradiert wird.

Bestechend: Wie Rembrandt seine Portraits über Jahrzehnte hinweg malt: Ähnliche, manchmal identische Haltung, identischer Blickwinkel des Malers, ähnliche Schattierungen, aber wie unterschiedlich in der Ausführung: Mal als fein gemalter Stutzer, halb ritterlicher Protz, halb Bohème, dann, im Alter, ein grobstrichiges Gesicht, das verwittert dreinblickt, vom Leben buchstäblich gezeichnet (gemalt), die Haut fast krankhaft grob, als schäle sich etwas ab. Den Alterungsprozess schonungslos festgehalten. Und inmitten darin die Augen: wach, noch jung wirkend, aber wie resignierend!, wie bestätigend dem Betrachter zublickend: *Memento mori*, auch du wirst wie ich, und die Erkenntnis, dass du jetzt als junger Mensch darum weißt, wird dir nicht helfen, dies zu verhindern.

Dann die Anatomie-Stunde: klarer Aufbau, prägnant gemalt. Der Arzt, ganz in Schwarz, leuchtendes Zentrum in der Dunkelheit, ganz im Kontrast dazu der weichweiße Leichnam, die ätherischste Farbe, aber ganz gedämpft, schon aus dieser Welt farblich herausgerückt. Die Studienkollegen, die sich mal interessiert, mal ungläubig, mal konzentriert, mal abgelenkt mit dem Toten befassen oder auch nicht: Sie sind angeordnet wie in einer Pyramide: Der oberste Mann blickt aufrecht und hellen Geistes den Betrachter an. Darunter beugen sich die Ärzte immer weiter, immer tiefer hinab, werden gleichsam hinfälliger. Auch ihre Gesichter scheinen zu altern. Der wache Blick verwandelt sich in stumpferes Stieren. Schließlich schimmert die Hand des untersten Mannes in ebensolchem Weiß wie die Haut des Leichnams: Die Pyramide, die Kaskade der wissenschaftlichen Betrachter nähert sich selbst dem betrachteten Objekt an. In ihnen ist schon das abgebildet, was sie erkunden möchten: Der Blick nach außen, auf das Objekt, wird damit zur Selbsterkenntnis über das Innen, das Subjekt. Wissenschaft ist immer auch die Erkundung des Selbst, gerade in der Medizin.

Dass die dabei gewonnenen Erkenntnisse nicht immer gefällig sind, demonstriert der abseits stehende Mann oben rechts. Er hält eine alte Schrift in den Händen, vergleicht die antiken Erkenntnisse mit dem, was ihm der Arzt am Toten demonstriert. Er erkennt die Abweichung, ist im Konflikt. Wem soll er trauen: den alten Autoritäten, die ihn mit unhinterfragten Wahrheiten versorgen? Das gedruckte Wort hatte (und hat) die größte Glaubwürdigkeit. Oder soll er das akzeptieren, was er leibhaftig sieht, was er anfassen und fühlen und in Aktion sehen kann? Der Zweifler, schon räumlich separiert, steht für das alte Denken, und dies drückt sich auch in seiner Kleidung aus: Er trägt den ältesten, aus der Mode gekommenen Kragentyp, aufgebauscht starr, während seine Studienkollegen den flach-breiten Kragen haben und ihr Lehrer, der Mann der Modernität, den nurmehr angedeuteten Kragen aus dünnstem Stoff um den Hals hat.

Weitere Höhepunkte: Die starre Würde der Figuren von Frans Hals und van Dyck: einerseits lebendig und aus Fleisch und Blut, andererseits zur Monumentalität erstarrt, drohend manchmal, gewaltig immer. Dann die bunten Szenerien von Jan Steen: Die ungezügelte Lasterhaftigkeit und Lebenslust der niederen Stände. Wie die Alten in ihren kleinen Sünden es den Jungen vormachen: Trinken, Singen, Rauchen. Aber es lebt sich gut damit, es verschafft einem die Illusion, an etwas Größerem teilzuhaben.

Im Kontrast dazu die Bilder von Rubens. Hier ist alles Effekt, hier schwindelt einem der Blick: die spiralig sich aufschraubenden Heiligen und Engel, die tief abstürzenden Teufel. Hier ist das Jenseitige das poppig übersteigerte Diesseitige. Menschleiber werden in ihrer Beweglichkeit an die Grenzen des Möglichen geführt. Der Leib als Objekt des Spektakulären, der Grenzen der Malkunst, des Staunens - und dieses Staunen wird weitergedehnt und in einen jenseitigen Heilsplan eingefügt. Wieviel größer muss der spirituelle Glanz, die göttliche Macht sein, die diese Leiber zu dieser Groteskheit zwingt? Propagandabilder der Kirche größtenteils.

Sparsamer dagegen ein Bild einer alten Frau mit Korb, die ihre fast abgebrannte Kerze dem sie begleitenden Jungen hinhält, der seine eigene, längere Kerze daran entzünden soll. Für das Kind ist das ein lustiges Spiel. Es lächelt die Alte an. Es weiß noch nicht um den Ernst: nicht in der Dunkelheit verbleiben zu dürfen, immer das Licht mit sich zu führen (Schutz vor Dunkel und Gefahr, aber auch als Sinnbild für göttlichen Beistand, für den Pfad der Wahrheit und des Heils). Die Alte dagegen, ganz sorgsam bedacht, dass ihre (Lebens-)Flamme nicht erlischt, schirmt ihr Licht ab. Sie hält die Hand darüber, fast beschwörend. Sie weiß um die Kürze des Lebens, das ihr noch bleibt, und deshalb will sie ihr Licht (ihr Wissen, ihre Liebe, ihre Heilsgewissheit) an ihren Enkel weitergeben.

Noch ein Meisterwerk: van Hoogstraten mit einer Frau, die einen Brief liest. Sie steht im Innenhof eines herrschaftlich-herrlichen Hauses, eine blasse in blass-gold gekleidete Frau. Doch kein Mensch ist hier die Hauptperson, sondern ein Hund, braun-weiß gescheckt, der sich am unteren Bildrand groß aufbaut und aufmerksam den Betrachter anschaut. Seine Ohren sind nur leicht aufgestellt, sein Schwanz noch nicht aufgerichtet, doch der Blick ist wachsam, die ganze Gestalt gestrafft. Es könnte der Jagdhund des verreisten Ehemannes sein, und die Gattin liest gerade dessen Brief aus der Ferne. Klein wirkt die Frau, und, als einzige voll sichtbare Person, gilt natürlich ihr das Interesse des Schauenden, vor allem da eine so prächtig-reiche junge Frau hier alleine lustwandelt. Doch tut sie das wirklich? Beim zweiten Blick erschließt sich, dass sie in einem Gefängnis lebt. Senkrechte und waagerechte Linien begrenzen ihren goldenen Käfig: Die Säulen links im Bild, deren Schatten auf der Rechten. Die breite Treppe im Vordergrund. Der verwinkelt-gefängnishafte Hintergrund des Gebäudes, wo auch ein Mann am Tisch sitzt, wie ein Aufseher. Dazu noch ein Fenster, das wie ein engmaschiges Gitter aussieht, und im Vordergrund natürlich der Hund: weniger als Bewacher der Frau hier auf den Posten gestellt, als vielmehr um Eindringlinge abzuwehren, Symbol der Treue (der vorgeblichen Treue der Frau) einerseits; andererseits auch das Symbol des Stellvertreters des Gatten, der sein erobertes Ehefrauen-Gut bewachen lässt.

Weiter geht es zu Vermeer: Stadtansicht, antike Szene, und natürlich das Perlenohrring-Mädchen. Dieses Bild lebt nur von einer Art Pin-up-Effekt: Alle bildliche Ausführung außerhalb des Gesichts ist vernachlässigt und bewusst einfach-kahl gehalten. Die Gestalt in flirtender Pose: Den Oberkörper fast völlig abgewandt, weist uns das Mädchen buchstäblich die kalte Schulter, wenn nicht der zurückgebogene Kopf wäre, dazu die noch weiter zurücksehnenden Augen. Es ist effektvoll: die Augen, der halb geöffnete Mund, der zarte Teint - aber man fühlt sich als Betrachter hereingelegt. Es ist, als ob man einen Werbespot sieht oder einen Film, wo man dekorativ-effektiv eine hübsche Frau platziert: Sie tut nichts zur Sache, aber sie hübscht die Szene auf; sie macht das Gesehene für uns scheinbar interessanter, wohlwollender. Ein schmachtender Blick genügt, und schon sympathisieren wir. Dieses offensichtliche Kalkül, diese Reduktion auf simple Signale macht das Gemälde zu billig, und es reicht daher nicht an den Reichtum des Bildes Vermeers heran, auf dem er die Magd porträtierte, die in der kahlen Küche die Milch umgießt.

Nachmittags nach Scheveningen. Weiter Strand, blauer Himmel, frischer Wind, Schiffe aufgereiht wie Perlen am Horizont, Heringe frisch in Salzlake getaucht, Möwen umlauern die Imbissbuden. Eine Ladenzeile rottet auf einem Steg ins Meer vor sich hin. Überall gibt es Pannekoeken und Poffertjes, aber nicht für uns: die Zeit drängt, der Bus fährt gleich ab, das Ende der Reise naht.

Abendessen im selben Lokal, in dem auch das erste gemeinsame Mahl am Anreisetag stattgefunden hat. Statt Fischfrikadellenbällchen und Makrele gibt es nun zum Glück etwas Schmackhafteres. Am Tisch mit einem Schweizer Ehepaar. Was bleibt von der niederländischen Küche in Erinnerung? Die Pannekoeken, eine Kreuzung aus Crepe und Pfannkuchen, süß oder herzhaft belegt, leckerer Sattmacher. Ansonsten schwierige Restaurantsuche: hohe Preise, unverständliche Karten, so dass wir meist bei einem Pseudo-Italiener gegessen haben: Pasta und Pizza, jämmerlich gewürzt, ohne Kräuter, ohne Salz, ohne Olivenöl. Kuriosum: Bei Bestellung von Tee bekommt man ein mit heißem Wasser gefülltes Glas und ein Kistchen. Darin befinden sich nun allerdings nicht hochwertige Sorten Tee, sondern meist lieblos-unsortierte Ansammlungen von Teebeuteln, alle der Marke Pickwick, die wohl ein Monopol in Holland zu besitzen scheint. Je nach Lokal finden sich nur alberne Sorten wie Melone, Waldfrucht oder Zimt (vermutlich alles aromatisierte Schwarztees) oder zumindest halbwegs vernünftige Sorten wie Rotbusch und Zitronengras.

7

Schnelle Rückfahrt im Bus nach Köln.

Kleine Kulturkunde vom Reiseleiter zum Thema „Die Niederländer und ihre Eigenheiten, auch im Hinblick auf die Nachbarländer". Interessant der Vergleich des calvinistisch-sparsamfreudlosen Holland mit dem katholisch-pompös-lebenslustigeren Belgien.

Kurz gehaltene Verabschiedung von dem fürs eigene Archiv fotografierenden Mann, eine Spitzweg'sche Figur, der man sein Treiben von Herzen gönnt.

Etwas dunkel bleibt der Reiseleiter. Das liegt nicht nur an seiner notorisch schwarzen Kleidung. Will er den Künstler in sich betonen? Darauf deuten auch die zwei Armreife hin (einmal gold, einmal silbern), die zumindest auf mich einen unangenehm prätentiösen Eindruck machen. Der Vollbart ist grau und zauselig und bewusst kurz gehalten. Ein domestizierter Steppenwolf? Die Stimme ist sonor, beruhigend, gut moduliert, ein Genuss ihm zuzuhören, nicht nur des Inhalts wegen. Sehr kompetent erzählend über Land und Leute, ebenso auch über Architektur und die Gemälde. Er führt seine Gruppe durch Fragen zur richtigen Erkenntnis, will den Leuten das richtige „Sehen" von Bildern nahebringen, sie unbefangener werden lassen, auf dass sie sich nicht von Namen und Beschriftungen blenden lassen. Dennoch ist etwas Herrisch-Abweisendes in seinem Verhalten. Auf Nachfragen geht er nur unwillig ein. Er möchte seinen Erzähl-Pfad anscheinend nicht verlassen, ist auch nicht zur erneuten Reflektion über etwas von ihm bereits Berichtetes zu bewegen. Obwohl alles in seinem sonstigen Gebaren dagegenspricht, macht es den Eindruck, als spule er ein Programm ab, das von seiner Seite keine Modifikation erlaubt.

Noch eine gute Zugverbindung nach Würzburg erwischt. Ernährung von Äpfeln, Bananen, Crackern, Öko-Saft. Das gestern gekaufte Bauernbrot ist in der Tasche sicher verstaut und wird abends, zuhause, mit Käse und Quark gekostet. Einstimmiges Urteil: Ist gut gewesen.

Sizilien (2004)

Veranlagungen

Begegnungen mit seinen Anlagen, nicht den Erbanlagen, sondern mit ebenso gefährlichen Anlagen, jenen, die die Anderen in uns sehen, die auf uns geschrieben oder eingebrannt scheinen und die unsere Mitmenschen dazu bewegen, uns als etwas zu behandeln, das uns fremd ist, ebenso fremd, wie derjenige, der seinen Zwang auf uns auszuüben gedenkt, der uns als Objekt betrachtet (und doch nicht objektiv ist), derjenige, der die Gewalt oder Befugnis hat und dem deswegen das Urteil zusteht, welche Anlagen wir mit uns herumtragen oder in uns verborgen haben als Keimling, als Saat des Bösen.

Für dieses Böse meinen sie ihren Blick geschärft zu haben, die Flughafenkontrolleure, die Beurteiler-auf-den-ersten-Blick, die sich (so wie jemand sich auf den ersten Blick verliebt) sofort gewiss sind, erst-erblickend, welchen Übeltäter sie vor sich haben und ihn dementsprechend behandeln. Es ist für diese gut gekleideten Männer unerheblich, ob man sich selbst ertappt fühlt, ob man ein schlechtes Gewissen hat oder ob man ungläubig staunt und sich ärgert über die grundlos schlechte Behandlung; es ist ihnen egal, weil sie sich von Berufs wegen anmaßen dürfen, den Menschen (nicht aber den Dingen, denn die sind wirklich objektiv und deren Anlagen liegen frei und sichtbar), also den Menschen auf den Grund zu schauen und ihre Anlagen, ihre Potenzialität zu erkennen, so als wüssten sie bereits, wozu man fähig wäre, unter anderen Umständen vielleicht, unter anderer Nationalität, unter rachsüchtigem, fanatischem Einfluss. Sie befehlen dir, die Hände hochzunehmen, sie argwöhnen nach deiner Handytasche, denn Form und Lage haben die Potenzialität, etwas anderes, Schießbereites in sich zu bergen, sie tasten dich ab, mit eigener Hand oder mit elektronisch verstärktem Stab, sie schnüffeln piepsend und blinkend an dir herum, sie suchen nach dem Verborgenen, Geheimen, eben nach deiner Anlage, und wie ein Doktor diagnostizieren sie, ob diese Veranlagung sich schon manifestiert hat (dann würde das Piepsen zum Kreischen, das Blinken zum Irrlichtern werden) oder ob man für den Augenblick noch einmal davongekommen ist.

Eine Anlage, die aufgeweckt, aufgerufen wird auf dem Flughafen, ist der unfreiwillige Drang des Passagiers, sich dem Warten zu ergeben. Schon die Konstruktion eines Flughafens ist daraufhin angelegt, dass der eintretende Mensch alle Betriebsamkeit fahren lässt: Er muss sich in die abgeschlossene, aber schier endlose Weitläufigkeit des Riesengebäudes fügen, er irrt darin herum und merkt, dass die langen Gänge, die hervornarbenden Transportbänder nicht für Seinesgleichen gemacht sein können. Er ahnt, dass er niemals alles erkunden könnte, und es hätte auch keinen Sinn, einen Flughafen kann und soll man nicht erlaufen wie man es mit einer neuen Stadt macht. Man betritt ihn nicht, er lässt sich von einem ausschnittsweise betreten. Er führt einen durch blaue oder orangene Schilder umher, zwingt dem Passagier seine Sinne, seine Orientierung auf und geleitet ihn wie einen Sanatoriumskranken zu seinem Ziel. Doch dort ist noch lange nichts erreicht. Denn das Ziel ist nur Etappe. Hier bemerkt der Passagier für einen kurzen Moment, dass der Flughafen für ihn nur Transit und Sprungbrett sein sollte, doch der Flughafen, monströs und eigensinnig, verleibt sich den Passagier länger ein, als diesem lieb ist. Der Passagier wird nur langsam durch den weiten, verwundenen Trakt (ähnlich dem eines Darms) passagiert, er muss Stockungen und Stillstand über sich ergehen lassen, er muss verspätete Anschlussflüge oder gar Streichungen hinnehmen, er muss sich von den Schergen des Flughafens (denn dieser hat seine Marionetten, menschenähnlich, doch nicht menschengleich) demütigen lassen. Und dann, wenn man sich schon abgefunden hat, wenn die Anlage des Wartens, des Duldens sich in prächtigster Langeweile manifestiert hat und man sich in sein Gestrandetsein fügen lässt, da heißt es plötzlich, in einem Gemenge aus Italienisch und rasant-unverständlichem Englisch: Dein Flugzeug ist da und es wartet. Und es scheint, als habe es die ganze Zeit gewartet, so wie ein ungehorsamer Hund, der umhertollt und die Rufe seines Herrchens nicht achtet, doch letztlich auch nur gewartet hat und dann vorwurfsvoll zu seinem Gebieter blickt und ihn stumm der Säumigkeit anklagt. So auch hier: Aus dem Wartenden wird der Längst-Erwartete. Es erfolgt eine Umkehr aller Werte. Man bekommt das schlechte Gewissen eingeimpft, dass man selbst Verursacher und Bestrafter der eigenen Unfähigkeit, zu warten war - oder der Unfähigkeit, die Zeichen der Zeit zu erkennen, und vielleicht hat man nicht die Anlagen dazu, man selbst weiß ja kaum etwas von sich, man ist blind für seine Seele und man hätte deswegen eine der fleischgewordenen Marionetten fragen sollen, diese Voyeure aller Potenzialitäten, doch vermutlich wäre es einem ergangen wie dem Herrn K. und man hätte eine Antwort auf eine ganz andere Frage bekommen, auf die Frage, die man befugt war, zu stellen - die Frage, die den eigenen Anlagen entsprochen hätte.

Der Pantokrator

Der All-Göttliche, All-Umfassende Pantokrator, der Superlativ aus Gott, Jesus und Heilig-Geist kommt in der Kuppel der Kathedrale von Monreale in den Genuss einer überdimensionalen Darstellung - gewissermaßen ein pantokratisches Graffiti, das in seinen Ausmaßen ebenso spektakulär sein will wie das Dargestellte suprasakral ist. Da blickt er hinab im Cinemascope des 11. Jahrhunderts, hinab zu den Menschlein, die nicht in seiner Diorama-Welt leben und die seine pantokratische Allmacht so wohlwollend anerkennen. Das tun sie und das tun sie gleichermaßen nicht. Der Pantokrator herrscht über ein uneinig Volk, bzw. über ein vielgläubiges Konglomerat, und die byzantinisch-katholische Mischform, die er in Monreale angenommen hat, ist nur eine seiner unzähligen pantokratischen Erscheinungsformen.

Genaugenommen lässt sich natürlich nichts Detailiertes über die damalige Religion sagen; allerdings sehr viel über die damalige Kunst, und die Kunst war die wichtigste Ausdrucksform der Religion; es ist gewissermaßen ihre bedeutendste Veranlagung, ohne die sie den *survival of the fittest* in Konkurrenz mit den heidnischen Religionen nicht gewonnen hätte. Es bleibt zu untersuchen, ob es nicht die Kunst ist, die die Menschen für die großen monotheistischen Religionen gewonnen hat, ob diese der Malerei, Bildhauerei, Architektur nicht neue Wege eröffnet haben, suggestive Möglichkeiten, mit denen sich das Bild des einzigen Gottes wirksam transportieren ließ. Der Zauber einer gelungenen Darstellung färbt auf das Dargestellte ab; so wie die heutige Werbung Kunst und Design dafür verwendet, das Produkt (und wenn es auch nur ein Waschmittel ist oder ein Brillenhersteller) in möglichst günstigem Licht darzustellen. Nicht viel anders wird es damals, im Ausklang des großen Religionswettstreits, gewesen sein: In einer heiligen (?) Allianz haben sich Kunst und Religion gegenseitig befördert, sich gesponsert, sich in ihren Weltbildern bestärkt und dynamisiert. Da war es dann auch gar nicht mehr wichtig, dass arabische Baumeister in Monreale (aber auch in der Kathedrale von Palermo selbst, die ein eifersüchtelnder Normanne im Trutzburgenstil dem Bauwerk von Monreale entgegengesetzt hat), dass also arabische Baumeister und Kunsthandwerker hier wie dort mitgewirkt haben und zwar nicht nur in Form der Architektur, sondern auch in der Ausgestaltung des Inneren, in den arabesken Mosaiken, den Einlegearbeiten. So vermengt sich die Kunst vieler Menschen zu einem Kunstwerk, und so verschmilzt der Glaube vieler Gläubigen zu einem Bauwerk, und dass es in diesem Fall eine byzantinische Kirche ist, mag den Pantokraten nicht gestört haben. Ihm ist in seiner allfälligen Herrschaft vermutlich gleichgültig, aus welcher Ecke der Applaus kommt - Hauptsache, die Hände rühren sich nur für ihn.

Nach der Kathedrale von Monreale erfolgte die Besichtigung ihrer Miniaturausgabe im Herzen von Palermo, in der Kapelle des Normannenpalastes, dem heutigen Sitz des Landesparlaments. Hier funkeln einem die goldüberzogenen Mosaiksteinchen ebenso entgegen wie auf dem Berg, hier ist Marmor und Porphyr, hier ist sogar der Pantokrator mit einer fast dreidimensionalen Handbewegung, als wolle er damit die Menschheit in einem Handstreich zu sich hinüber ins Jenseits wischen. Aber auch der Pantokrator ist eingeschrumpft im Vergleich zu seinem Abbild auf Monreale, aber das tut seiner Allmächtigkeit keinen Abbruch, denn die Hälfte der Unendlichkeit ist doch immer noch unendlich.

Im Archäologischen Museum trifft man noch auf die alte Götterwelt, jene Soap-Opera, die mal lustig, mal dramatisch, mal tragisch sich gebärdet, die aber echte Traurigkeit und, vor allem, echte Finalität, nie zulässt, denn wenn es denn mal einen der Götter oder Halbgötter schlimm erwischt hat, dann gibt es immer noch einen Sohn oder einen Schwippschwager, der ihn rächt oder der sein Glück auf den Ruinen seines unglücklichen Anverwandten aufbaut. Das Groschenromanzentum ist bildlich festgehalten in den umlaufenden Friesen der Tempel. Hier galoppiert der Sonnenwagen vierpferdig daher, hier wird der Gorgone der Kopf abgeschlagen und Athene lächelt mokant zu Perseus Tat, hier hat Herakles zwei Spitzbuben gefesselt über die Schultern geworfen, die in ihrer Schalkhaftigkeit sogar ihren Aggressor zum Lachen und damit zum Verzeihen bringen. Hier zieht Zeus in elegant-lasziver Handbewegung der Hera ihren Schleier weg und ihre Blicke treffen sich blitzfunkelnd. Sie steht sehr gerade, stolz und unnahbar, hat eine Hand erhoben, und man weiß nicht, ob sie ihre Entschleierung durch Zeus abwehren will oder sie sogar noch provoziert hat. Währenddessen, halb hingeräkelt, halbnackt, auf einen freien Arm gestützt, streckt sich Zeus nach Hera aus, doch ohne Anstrengung, und die schlangenhafte Bewegung seines neugierigen Arms erinnert halb an Ursünde und halb an Michelangelos Fingerspiel zwischen Gott und Adam. Und, als müsste die poetische Szene zwischen Zeus und Hera gleich konterkariert werden, schließt sich zur Rechten die Zerfleischung eines Spanners durch seine eigenen Jagdhunde an - man sollte die Nymphen nicht heimlich beim Baden betrachten. Bei aller Dynamik (die fletschenden, schnappenden Hunde) und bei aller Poesie wirken doch die Friese schal gegen den pantokratischen Gigantismus, der sich letztlich durchgesetzt hat. Die Griechengötterwelt ist wohl doch nur ein Rausch, eine Vorabendserie, die sich irgendwann totgelaufen hat mit ihren letztlich bedeutungslosen Mord- und Liebestaten. Vielleicht waren die Menschen einfach müde, zurecht gelangweilt von den seit Jahrhunderten gleichen Stereotypen und sie tauschten all die bunten Bilderreigen ein gegen ein Weltengebäude, das auf den ersten Blick trocken und streng und fern erscheint, das sich aber wunderbar eignet, um Moral und Gesetz in die Welt zu bringen, vor allem aber um mit der Kunst sich zu verbünden und zumindest die bildliche oder architektonische Himmelserstürmung zu versinnlichen, die seit Babel verpönt, aber immer wieder angestrebt wird. Man möchte halt seinem Pantokraten nahe sein, und wenn er in der Realität darüber zürnen würde, so darf man ihm zumindest künstlerisch nahetreten und sich ihm, wie der Zaunkönig es mit dem Adler gemacht hat, auf die Schulter setzen und heimlich triumphieren. Vielleicht ist Kunst auch ein Racheakt des Menschen, eine Möglichkeit, Gott zu beweisen, dass wir Menschen es ihm gleichtun können, was das Schöpferische betrifft. Und indem wir unserseits Gott als Bild stets von neuem er-schöpfen, seine Gestalt malkastenmäßig aus-zeichnen, singen wir vordergründig ein Loblied auf ihn - doch durch das Hintertürchen trutzen und protzen wir gegen ihn auf und wollen ihm zeigen, dass wir Menschen, genauer: wir Künstler, die besseren Götter gewesen wären.

Weiter im Archäologischen Museum: Besiedelung, Umsiedelung, Völkerwanderung in und um Sizilien: Elymer, Griechen von Westen, Araber von Süden her, aber auch Phönizier gleich Punier gleich Karthager, ursprünglich aus dem Libanon stammend, dann sich über Handel ausbreitend, bis in Karthago ein neues Reich entstand, das später von Rom zerstört wurde. Erste Ziffernschrift, Göttin Tanit-Astharte. Bronzewidder.

Theater im Regen, Lust im Museum

Aufbruch aus Palermo. Abendessen und heutiges Frühstück in rasch verfestigter Tischordnung. Antipasti-Buffet und drei Gänge am Abend. Frühstücksbuffet mit süßem Kuchen am Morgen. Zimmer recht feudal, ehemaliger Adelspalast, nächtlicher Regen, Tropfentrommelwirbel auf nahem Wellplastikdach, schlechter Schlaf und schleichende Kälte. Übrige Mitreisende: hessisches Rentnerpaar, klassisch deutsch, sonstige Reisende noch ungekannt, bis auf den Klassenkasper: Tübinger, Peter-Lustig-Typ, über 65, obwohl jünger aussehend und wirkend, vorwitzig, aufdringlich, alles mit seinen Ansichten bespiegelnd, mit seiner Witzigkeit zumindest unterhaltsam, obwohl fließender Übergang zum Bloßstellenden. Letzte Impressionen von Palermo: Monte Pellegrino, Rosalie die Pest-Heilige, Mahnmal an der Autobahn:

Falcone, Mahnmal in der Stadt: rostige Pfeiler, die angeblich im Wind seufzen.

Fahrt nach Segesta: elymeisches Theater, verdorben durch Regensturm, nasskalt, Zeus und Hera in Regenjacken Verse deklamierend, Tropfen im grauen Haar, graufelsiges Rund, nebelverschleierte Berge. Warten auf den Shuttle-Bus, hinunter zum Tempel oder der Tempelhülse, streunende Hunde umschleichen die fremden Besucher in Erwartung von Nahrung: enttäuscht. Zwist Segesta mit Segunda: vergessen im Agavenspalier. Aeneas-Sage: uninteressant. Dem Regen entflohen auf ein Weingut. Dort trocken, aber kalt, Antipasti-Platten, Pfefferkäse.

Es ist nicht ungewöhnlich, wenn sich jemand für Bildhauerei begeistert. Er oder sie mag sogar sagen, sie liebe diese oder jene Plastik. Es ist ebenso nicht ungewöhnlich (wenn auch fade), wenn sich jemand für bestimmte Körperteile des anderen Geschlechts begeistert. Er oder sie mag sogar sagen, sie liebe diese oder jene Rundung. Wenn nun aber beide Leidenschaften zusammenfallen und sich der- oder diejenige für einen vermeintlich erotischen Part einer Skultpur begeistert, sich darin gar verliebt, und, als peinlichste Steigerung, diese Neigung öffentlich und mehrfach wiederholt und in kindlicher oder messianischer Weise sein Umfeld zu überzeugen, genauer: zu begeistern, zu erotisieren sucht, dann hat man bereits die Peinlichkeit weit hinter sich gelassen und das Reich der Dummheit betreten. Man stelle sich vor: ein Reiseleiter, Mittvierziger, dicklich, steht mit seiner Gruppe vor einer antiken Venus und schwärmt, diese Skulptur sei überaus bedeutend, einzigartig und das nicht zuletzt wegen der wunderbaren Formung des Hinterns der Venus. Darauf erklärt der Reiseleiter kurz die Entstehung und Deutung der Venus, seine Sätze werden knapper und schnellatmiger, das Verhaspeln droht ihm, er erhitzt sich, und, endlich, bricht es aus ihm heraus, dass die Hinterbacken verliebenswert seien, erotisch, sexy, und der Mittvierziger gerät ganz außer Kontrolle, die Lust schüttelt ihn, sein Augen glänzen und ein irrwischhafter Bewegungsdrang kommt über den dicklichen Körper. Er rät den Mitreisenden, sich doch den Prospekt mitzunehmen, der am Museumseingang liegt, um auch daheim die Rundungen der Venus genießen zu können, und er steckt gleich selbst eines der Faltblätter ein und man hofft als Zuschauer, dass es nicht der Selbstbefleckung dienen möge. So bizarr diese Szene wirken mag, sie ist ebenso bizarr, wenn man die Geschlechterrollen vertauscht, wenn aus dem dicklichen Mittvierziger eine dickliche Mittvierzigerin wird, und wenn diese mit ihrer Gruppe nicht vor einer Venus steht, sondern vor dem Jüngling von Mozia. So geschehen heute auf dieser Reise. Oder ist es verzeihlicher oder gar lustig, wenn nun diese Frau von dem Hintern der Statue schwärmt? Ist diese Form des Lustblickes gesellschaftlich anerkannter? Wird man das verzeihend und schmunzelnd der Selbstbefreiung der Frau zuordnen?

Der fixierte Blick, die Reduzierung auf ein Körperteil, die Lobpreisung (nicht des Bildhauers, nein, sondern der Figur im wortwörtlichsten Sinne, des Ausschnittes einer Figur), die ist es, die dem ganzen einen dummen Beigeschmack gibt, etwas, worüber mancher schmunzelt, ohne zu ahnen, dass auch dies Diskriminierung ist, dass auch dies genauso abstoßend ist, wie wenn man die Rollen wieder rücktauschen würde, dass es ebenso fade wäre, wenn man statt der Statue einen lebenden Menschen hätte, und es scheint, dass wahre Emanzipation bedeutet, dass die männlichen Fehler bestraft und bei Frauen belächelt werden.

Der Jüngling von Mozia wurde von einem gierigen Blick verschlungen, und wehren konnte er sich nicht. Noch nicht einmal auf seinem angestammten Podest stand er, und das war noch sein Glück, sonst hätte die entflammte Reiseleiterin ihn in 360 Lust-Graden besehen können: Der Jüngling von Mozia war nämlich noch in seiner Transportkiste eingezwängt. Die Olympischen

Spiele in Athen hatte er besuchen müssen, und obwohl diese schon vor einigen Wochen zu Ende gegangen waren, hatte man offensichtlich noch nicht die Zeit gefunden, ihn aus seinem transportablen Zustand zu entwinden. In der Kiste hielten drei eingepasste Bretter den Jüngling aufrecht. Sie fixierten ihn, fesselten ihn, zersägten ihn fast wie bei einem Zaubertrick, und auf seinem Kopf trug er einen Stapel an Schaumstofflagen, die sein wenig begehrtes Haupt vor Stößen schützte. Nur seine Vorderseite war sichtbar, und zum sichtlichen Bedauern unserer Reiseleiterin war das Beste verdeckt: Der besagte Hintern befand sich zu der rückwärtigen Kistenseite orientiert und war allem Schmachten entzogen. Zudem war eines der drei Bretter in Hüfthöhe einmontiert und bedeckte die durchscheinend voluminöse Männerpracht, die sich nur auf angrenzender Schautafel anvoyeurisieren ließ. Der Umstand, dass die zwei herausragendsten männlichen Attribute bei dem Jüngling durch unglückliche Zufälle nicht sichtbar waren, steigerte die Erregung der Frau nur noch mehr und sie suchte mit Worten zu preisen, was sich unseren Blicken entzog.

Der Jüngling stand und schwieg dazu. Es ist nicht bekannt, was er dachte. Sein Blick geht in die Weite und trifft allzuschnell auf die engen Wände des Museums. Sein rechter Arm ist erhoben und geht ins Leere und wir wissen nicht, was er hielt, und vielleicht hat er es auch über die Jahrhunderte vergessen, ob es die Peitsche eines Wagenlenkers war, ein Lorbeerkranz oder ein Speer. Der linke Arm ist noch bedauernswerter, denn er ist in seiner oberen Hälfte abgebrochen; nur die Finger der Hand schmiegen sich weiterhin unversehrt an die Hüfte an, und man fragt sich, wo der Phantomschmerz am meisten wütet: An der Wunde oben, oder an den Fingern unten, die sich an den Leib klammern müssen, denn es ist kein Arm da, der sie hält und stützt. Der Jüngling steht und schweigt. Er hat schon viele Damen gesehen: griechische Mägde in der Bildhauerwerkstatt seines Meisters; phönizische Adelige in dem Park, in dem er auf der Insel Mozia viele Jahre verbrachte; vielleicht auch arabische oder spanische Frauen. Er könnte uns etwas über Schönheit erzählen, über deren Wandel und über die Proportionen, die man da und dann zu schätzen wusste. Er könnte uns auch erzählen, wie seine letzte Bewunderin einzustufen ist, jene etwas dickliche Mittvierzigerin, die glüht vor Lust, und er könnte, wenn er wollte, sie auf einen Platz, vermutlich weit hinten, in der Rangliste der Damen und Frauen und Weiber setzen, die ihm begegnet sind. Doch der Jüngling von Mozia steht und schweigt. Er ist ein Gentleman, und diese Eigenschaft hat er vielleicht von seinem Entdecker, einem Briten names Joseph Whitaker. Und es bleibt abzuwarten, ob sich dereinst noch etwas ausbilden wird, was man als Gentlewoman bezeichnen wird.

Das Boot vom Festland nach Mozia: klein und schwankend. Windmühlen am Ufer, aber nicht für Getreide. Hier wird Salz gemahlen. In Lagunen oder Pfannen hat man das Wasser des Meeres abgegrenzt und man wartet, bis Sonne und Wind die Verdunstung soweit bewerkstelligt haben, bis man das Salz mit Rechen ernten kann. Es wird zu Haufen geschichtet, mit Schindeln überdeckt und schwitzt das restliche Wasser aus. Dann kommt es in die Mühle, wo die groben Stücke feingemahlen werden. Nicht mehr viele Windmühlen sieht man am Ufer, und sie stehen nur zu Dekoration, denn das Salz wird industriell vermahlen, und so ruhen die Flügelräder und weil kein Wind sie bewegen darf, kann es auch keinen Don Quijote geben, der angeritten kommt, gegen sie zu kämpfen.

Weiter ins Hotel Presidente nach Marsala. Hier wird man allerdings weder präsidentlich, noch fürstlich, ja nicht einmal gutbürgerlich behandelt. Zwar sind die Zimmer neu und verschwenderisch groß, so dass man beim Weg vom Bett zur Toilette entweder ermüdet oder einen agoraphobischen Anfall bekommt.

Zum Abendessen erwartete uns ein abgedunkelter Speisesaal. Als das Licht endlich anging, war der Anblick eher trist: hässliche Fenster, keine Pflanzen, Neonlicht, Kälte, Bahnhofsambiente. Zwei Kellner, muskulös untersetzt mit grimmiger, gewaltbereiter Visage der eine; der andere hager, listig, schurkisch blickend, bedienen lustlos und unterhalten sich in gereiztem Ton mit der Reiseleiterin. Das Essen: unterdurchschnittlich, vor allem im Vergleich zum bukolischen Genuss in Palermo, wo wir mit Antipasti-Buffet verwöhnt wurden und uns freundliche Kellner umschwirrten wie die Bienen die trägen Königinnen. Gang eins: Pasta, gut. Gang zwei: Schnitzel in heftiger Alkoholsoße mit Tiefkühlkroketten und Tiefkühlgemüse als Beilage. Gang drei: pappiges Eis, das meine Ablehnung erfuhr (wodurch ich mit einer leckeren Orange entschädigt wurde). Witzig-querulantes Verhalten beim Klassenkasper der Reise, Herrn M., der sich schließlich als Theaterkritiker outete und von seinem kommenden Umzug nach Berlin erzählte. Das schlechte Essen förderte die Gesprächsbereitschaft, schließlich auch die Heiterkeit, man hat etwas, worüber man lästern kann und ein gemeinsamer Feind schweißt selbst schwache Freunde enger zusammen. Der Kasper und die Rentnerhessen trinken noch einen Marsala-Likör oder -Sherry und sind danach versöhnt.

Aus Stein

Die Erinnerbarkeit einer alten Kultur lässt sich an ihrem bevorzugten Baumaterial ermessen. Wer auf Holz vertraute wie die Germanen oder die slawischen und Teile der asiatischen Völker, der läuft Gefahr, in Vergessenheit zu geraten. Zerbrochen, gesplittert, vermorscht und verfault sind ihre Stätten, und nur was im Moor versank oder von Schlick bedeckt wurde, kann auf Entdeckung durch Archäologen hoffen. Hingegen sind jene Völker vom suchenden Lichte der Altertumsforscher erfasst worden, die sich auf Stein oder Marmor gründeten. Hier braucht es nicht viel Anstrengung, einen Tempel zu erkunden oder zumindest seinen Grundriss im Erdreich zu entdecken. Der Stein in seiner Ursubstanz lässt sich in den Steinbrüchen bei Cusa besichtigen. Hier lag und liegt zum Teil noch das Rohmaterial, das die Selinunter Baukünstler verwendeten und noch im Steinbruch selbst grob zurechtschneiden ließen und als 70 Tonnen schwere Walze von mehreren Ochsengespannen hinüberziehen ließen, dorthin, wo drei Tempel in verschiedenen Stadien des Zerfalls nahe dem Meer sich erheben - oder auch nicht mehr. Immerhin eine dieser Kultstätten ist so weit erhalten, dass man sich eine ungefähre Vorstellung von seiner damaligen Morphologie machen kann. Die Mitropen und Triglyphen sind zwar ins Museum geschafft worden (der spannungsvolle Blick zwischen Zeus und Hera!), aber dafür wird man nun nicht von Details abgelenkt, sondern kann die Konzeption als solche erkennen. Die beiden anderen Tempel sind zerstört, und dass der erste steht, ist einer Rekonstruktion zu verdanken. Schwieriger, wenn nicht sogar unmöglich, ist die Vorstellbarkeit der anderen Tempel, darunter ein derart gewaltiger, dass einem noch die zyklopenhaften Säulentrommeln Angst einjagen, die beinahe malerisch verstreut liegen.

Hier war ein Zerstörer am Werk, und das ließe sich trefflich als Hin- oder Beweis für ein manichäisches Weltbild deuten, womit wir uns sogar dem Zeitgeist beugen würden, denn West wie Ost sehen einander immer mehr als Pole grundsätzlich-gegensätzlicher Ordnungen an und eine Rhetorik blüht darin, von der sich Wahlvolk hier und Volkswut dort beeindruck- und prägbar zeigt. Der Zerstörer in unserem Fall war allerdings kein Feind, der von jenseits des Meeres kam, es war kein Andersgläubiger, kein Menschenfresserkinderopferer, es war etwas viel einfacheres, so einfach, dass es in den Rhetoriken des neuen Manichäismus gar nicht mehr vorkommen kann, höchstens dumm verbrämt als Schicksal oder Zeichen. Es war die tektonische Zerstörungswut, manifestiert durch ein Erdbeben, das über Selinunt kam, die Tempel stürzte und dann wieder ging, ohne Grund, ohne Rachsucht, ohne Bekehrermoral. Es kam und zerstörte und wirkt dadurch beinahe schon wieder modern, denn es ist leicht, zu kommen und zu zerstören, aber im Gegensatz zu den Menschen, genauer: den Armeen, kann ein Erdbeben wieder verschwinden, was einer Armee weniger vergönnt ist, vor allem, wenn ein Manichäer sie geschickt hat, denn er muss mehr als zerstören, er muss erobern und ein Land hat man erst erobert, wenn man die Menschen erobert hat und das geht nicht immer durch Blut und Blei und ganz besonders nicht, solange die Gedanken der zu Erobernden sich noch nicht zu bloßen Reflexen haben verkümmern lassen, was wiederum das Ziel des Manichäers ist, denn Reflexe muss man nicht einmal mehr befehlen, sie lassen sich antrainieren, ein Manichäer liebt formbare Menschen, so kann er eine Realität nach seinen Gedanken schaffen, auch Manichäer haben Gedanken, selbst wenn sie manchmal nur schwarz mit wenig Weiß erscheinen und von diesem Weiß aus meint sich der Manichäer vorkämpfen zu müssen, durch das Schwarz hindurch bis zu einem Paradies, das er zu kennen meint und das doch jenseits aller Schwärze liegen muss, und deshalb ist die Ausradierung der Schwärze Manichäerpflicht.

Doch radiertes Schwarz ergibt noch kein Weiß, und das ist etwas Neues für den Manichäer und das könnte ihn verwirren, wenn er seine Gedanken ein wenig aus seinem weißen Gefängnis ließe, denn dann könnte er dieses hässliche, schlierige Grau erkunden, diesen Lebenssumpf, in dem die Menschen alle stecken, viele bis zu den Hüften, manche sogar bis zum Hals und nur wenige können darin waten, diesen reicht es nur bis zu den Knöcheln und das sind dann vielleicht die wahren Heiligen, aber die kann man leider nicht erkennen, selbst posthum gelingt das nicht

und da werden manchmal die Dunkelgrauen zu Seligen ritterge-
schlagen.

Die Akropolis von Selinunt ist Gigantenschutt. Auch nach
New York ist die Ahnung oder der Vorbote von Zerstörung gekommen, wenn auch von einem tatsächlichen Pol und nicht aus
tektonischer Blindheit, und dieser Pol hat einen neuen Pol ge-
zeugt und im Dominosteinspiel der Welt neigen die Handlungen
zu Kettenreaktionen (wenn auch nicht zu nuklearen) und so zittern die Pole vor Erregung, wenn sie einander nahe kommen,
und eine große Erschütterung geht seitdem durch die Welt und
die Zerstörung bleibt und wird bestehen, bis ein Pol den anderen
umgestoßen hat, so dass danach eine Art von Frieden herrscht,
aber daran glaubt nicht einmal der Manichäer, geschweigedenn
die verbliebene, denkende Bevölkerung.

Auf der Tempelstraße

Besuch des Archäologischen Museums von Agrigent: Vasen,
Amphoren, Tiegel und Töpfe. Weinwassermischgefäße, in denen
der mit Salz oder Harz konservierte Wein vor dem Genuss mit
Wasser verdünnt wurde. Tiegelchen, mit Öl gefüllt, die die Athle-
ten sich ans Handgelenk banden, um während des Wettkampfes
ihre Muskeln geschmeidig zu halten. Vasen in unterschiedlichs-
ten Größen, deren Bemalung sich in drei große Kategorien einteil-
len lässt: 1.) Die Alltagsszenen: Symposien, also Weingelage, wo
sich die Betrunkenen auf Stäbe aufstützen, während eine Hätere
auf der Flöte spielt. Wer nach dem Trunk noch einen bestimmten
Stab zielgenau anspuckte oder mit seinem Kelch traf, der durfte
sich näher mit der Hätere einlassen. Weitere Alltagsszene: Verabschiedung des Kriegers und Sportszenen. 2.) Dionysisches Weingelage, d.h. Besäufnis mit kultischem Hintergrund, erkennbar an
der beschwänzelten Figur eines Satyrs. Ansonsten siehe weltli-

cher Trunk. 3.) Mythologische Szenen: Herakles mit dem Löwenfell. Perseus mit geflügelten Stiefeln vor Persephone.

Weiter zu der Straße der Tempel: Concordia-Tempel, besterhalten, mit im 7. Jhdt. einfügten Rundbögen, also Recycling von Kultstätten. Zeus-Tempel, gewaltig, aber zerfallen. Demeter-Kultstätte, also ein inoffizieller Mysterienkult, Splittersekte.

Es fließt

Der Fluss der Dinge - manchmal gewollt, gewünscht: Besuch der Thermen von Piazza Armerina. Riesige Villa (oder Wellness-Center) aus dem 3. oder 4. Jhdt. Gemeinschaftstoiletten, Sporthalle und natürlich die Badebecken. Überall ein Fußboden mit Mosaiken: Jagd-, Sport-, mythologische Szenen. Vor der Villa eine lange Kette von Souvenirständen; die meisten geschlossen. Die wenigen Verkäufer reiben sich die Hände, allerdings nicht wegen der zu erwartenden Umsätze (denn die Besucherzahl ist gering), sondern vor Kälte, wir befinden uns auf großer Höhe und am Morgen konnte man den Hauch des Atems sehen. Hier stockt der Fluss des Konsums, des Verkaufens und da nützen auch die deutschen Brocken nichts, die die Budenbesitzer als Köder auswerfen. Man schlendert an ihnen vorbei, die Straße ist breit, ist für Menschenmassen gemacht, und wo man sich nicht hindrängeln muss (wie heute, außerhalb der Saison), da scheint es sich auch nicht zu lohnen, zu kaufen. Die streunenden Hunde laufen geduckt und mitleidig blickend umher, wissen nicht recht, ob sich ein Betteln lohnt bei den vereinzelt dahinschlendernden Gästen. Im Gegensatz zu anderen Städten sind hier allerdings die Katzen in der Überzahl. Kleine, magere, straubfellige Dinger, beweglich, niedlich, nicht unbedingt verwahrlost, eher im Zustand beginnender Verwilderung, der Fluss der Dinge kann manchmal einen Bogen beschreiben und zurück zu seiner Quelle fließen, weg von der Domestikation, zurück zur Wildform, und auf diesem Weg scheinen diese Katzen zu sein, und es ist daher nur konsequent, wenn sie sich nicht von uns Menschen anlocken lassen, die Kluft ist groß geworden, zu groß, damit die größte Lockung, die Nahrung, sie noch becircen könnte, und so umschleichen sie uns nur, wie Trabanten, und schauen, ob sich ein Augenblick ergibt, wo uns ein Brosamen entfällt, den sie aufschnappen können. Die meiste Zeit aber sitzen sie nur in der Sonne oder ducken sich unter frisch geparkten Autos (die Motoren strahlen Wärme ab), und sie starren von dem Hügel hinab in die Ferne und wissen nicht recht, wohin der Fluss der Dinge sie hintreiben will, sie ahnen nur von dem Übergang aller Gegenwart, Übergang wohin?

Der Fluss der Dinge: störend, quälend, peinlich, wenn es das eigene Verdauungssystem betrifft. Die ewige Frage: Was hat man falsch gegessen? Die Nacht auf der Toilette verbracht. Die Mosaikbesichtigung vorzeitig abgebrochen, zur erlösenden sanitären Anlage geeilt. Schwach, wartend, wartend auf Besserung, fast Winterstarre, alles herabgeregelt: Körper und Geist auf Sparflamme, Zeit des Übergangs, Übergang wohin?, zum gesunden Normalzustand, warten, bis dieser spezielle Fluss der Dinge endlich versiegt und im allgemeinen wieder in das gewohnte Flussbett zurückfindet.

Piazza Armerina hinter uns lassend, ebenso wie Enna mit seinen Türmchen und seiner bizarren Kirche, fahren wir nach Syrakus. Und auch an IHM vorbei. Von Enna aus, vom Turm aus, hat man ihn schon gesehen und vergeblich versucht, ihn zu fotografieren. Er versteckt sich in der Weite, er geht mimetisch auf mit den Nebel- und Wolkenbänken, die ihn umschweben, die ihn abschneiden von seiner irdischen Wurzel. Was ihn verrät, das ist seine schneeige Kuppe, sie leuchtet im Sonnenlicht, und wenn man auch seine Flanken oder gar seine Basis nicht sieht, so ist seine Spitze letztlich kokett hervorgestreckt, Suggestion genug, dass da etwas ist, das wir nicht einordnen können in den Fluss der Dinge, das sich ihm entzieht oder zumindest uns so scheint, da seine Wurzeln gekappt sind: der Ätna. Er scheint nicht passend zu sein für diese Gegend, er scheint herabgefallen zu sein, aus böser Absicht, von den Göttern hier eingepropft, oder eben aus geologischem Zufall.

Wohltuende Irritation

Syrakus. Das klingt nach Griechenland, nach ionischer Insel, da schwingt vielleicht die Küste Kleinasiens mit, da meint man einen Pilgerweg den Libanon hinab zu spüren, vielleicht auch an Syrien vorbei, schon des Gleichklangs wegen: Syrakus, Syrien. Doch die Verblüffung ist groß: Syrakus, das ist zwar Küstenstadt, das hat zwar etwas mit Griechenland zu tun, doch es liegt, man ahnt es schon, in Sizilien, und zwar im Osten, dem kolonial verbundenen Athen oder Sparta zugewandt, denn ein Krieg tobte auch einst vor seiner Küste zwischen den beiden Parteien, und die Menschen, die sonst im griechischen Theater den Tragödien zusahen, drängten sich jetzt dort, um über die Bühne (das orchestron) hinauszublicken auf eine Vorstellung, die realer, blutiger war als alles, was sie sonst zweimal im Jahr zu sehen bekamen (drei Tragödien und eine Komödie, und zwar am Stück), und es ist nicht überliefert, ob die Seeschlacht eine ähnliche Karthasis auslöste wie die Tragödienspielerei. Die schlichte Schönheit, die das griechische Theater besitzt, diese ihm innewohnende Symmetrie, rührt vielleicht auch daher, weil es aus einem Stein gehauen ist, also (um ein wuchtiges Wort benutzen zu können) monolithisch ist, quasi aus einem Guss. Gleich dahinter sind die ausgebeuteten Steinbrüche zu sehen. Man schürfte sich ein paar Meter unter die Erde bzw. den Stein und ignorierte den oberflächlichen, weil minderwertigen Fels. Tiefer brach man dann den Stein heraus und arbeitete sich wie Maulwürfe horizontal in alle Richtungen. Gelegentlich ließ man bei dieser Ausbeutung einen Fels stehen, der die sich ausbreitende Höhle stützen sollte. Einer dieser Pfeiler ist als "steiler Zahn" heute noch zu sehen und er steht eher kümmerlich in der weiten Landschaft und betont seine eigene Trostlosigkeit umso mehr, ähnlich wie ein zahnloses Maul durch einen letzten verbliebenen Stumpf noch jämmerlicher erscheint. Gleich um die Ecke ist das „Ohr des Dionysios", ebenfalls ein Steinbruch, der einer natürlichen unterirdischen Quelle folgte. Damit noch nicht genug: die Römer bauten sich später ein eigenes Theater, oval (nicht halbrund wie die Griechen), nicht monolithisch, mit einem flutbaren Graben, wo angeblich die Krokodile auf den stürzenden Gladiator warteten. Nur ein Drittel der Ränge sind erhalten geblieben, und vielleicht sieht deshalb das römische Theater nicht so imposant aus wie das griechische, obwohl es größer gewesen sein muss, das drittgrößte Amphitheater Italiens nach dem Kolosseum und der Arena von Verona.

Hinüber zur Altstadt, auf einer Insel gelegen, den Dom besichtigt: ehemals griechischer Tempel, dessen Interkolumnien man zugemauert hat, um ihn in eine christliche Kirche zu verwandeln. Eine Barockfassade wurde ihm angepappt wie die rote Nase einem Clown und so steht er da, seltsam hybrid; zumindest hat er durch diese Verwandlung seinen Charakter als Kultstätte bewahrt und letztlich kann es ihm ja egal sein, ob Apollo, Zeus oder ein orthodoxer oder katholischer Gott in ihm gepriesen wird, ebenso wie es letztlich im großen Getriebe der Welt (und der hoffenden Gläubigen) egal, doch pikanterweise wahr ist, dass das ehemals heilige Weinwassermischgefäß der griechischen Priester nun als Weihwasserbecken verwendet wird.

Spaziergang um Teile der Insel, Bilderbuchwetter, türkises Meer, auch die Autofahrer scheinen weniger zahlreich und aggressiv zu sein wie in den bisherigen Städten. Ein etwas verträumtes, stilles Örtchen, dieses Syrakus, in sich gewandt, was poetisch sein kann, wenn man eine glanzvolle Vergangenheit hinter sich weiß; weniger poetisch allerdings, wenn es sich um Personen von Hier und Heute handelt, wie die Inhaberin der kleinen Bar an dem Aretusa-Teich, die vor ihren eigenen Spielautomaten sitzt und die blinkende, quäkende Maschine mit Geldstücken füttert, genauso wie man einem quängelnden Kind mit Brei das Mäulchen stopft, und die Frau macht sich noch nicht einmal die Mühe, die Ergebnisse ihrer Fütterung zu betrachten, die Walzen mit den Sternen und den Kirschen rotieren und das ist wohl das Wichtigste, und geistesabwesend tippt sie auf den Start-Knopf und wirft eine neue Münze in den Schlitz (noch bevor das Quäken erneut einsetzt), denn sie ist eine gute Mutter, sie ahnt den Hunger ihres Babys im voraus, und so wie eine Mutter beim Füttern auch an andere Dinge als an ihr Kind denken kann, so schweift auch der Blick der Frau vom Automaten ab, hinaus auf den Platz, der sehr hell in der Sonne liegt, und sie kneift deshalb die Augen zu, auch weil Wind aufgekommen ist und eines der Klappschilder vor der Tür zu Boden gerissen hat, aber sie steht nicht auf, sie muss weiterfüttern, der Automat ist heute unersättlich, und Münze um Münze wandert in seinen Schlund und er macht sich auch gar nicht mehr die Mühe, mit Geräusch und Geblink auf sich aufmerksam zu machen, denn er spürt die Anwesenheit der Frau, es muss wohl eine Beziehung zwischen ihnen entstanden sein, ein Erkennen, wie es nur zwischen Mensch und Maschine möglich ist und deshalb stört es den Automaten auch nicht, wenn das Einwerfen der Euros allzu mechanisch vor sich geht, vielleicht ist es ihm sogar recht, vielleicht freut sich der Automat, wenn sich die Frau recht automatenhaft verhält, vielleicht ist dann erst ein Verstehen möglich, wenn man sich herab-

begibt in die Vorhersehbarkeit und Verlässlichkeit automatenhaf-
ter Handlungen, genau das beruhigt ja, genau wie ein Baby auch
merkt, dass gerade jetzt die Tageszeit für den Brei gekommen ist,
denn auch das Baby sehnt sich nach Wiederholung, nach der ge-
dankenlosen Erneuerung von Handlungen, und es ist egal, ob
diese Handlung das Löffeln von Brei oder das Einwerfen von
Münzen ist.

Jetzt ist die Hand der Frau leer, alle Münzen sind verfüttert,
und so wie eine menschliche Mutter nun das Kind wickelt und
die verdaute Nahrung von ihm entfernt, so kümmert sich jetzt
auch die Frau um die Maschine, sie sorgt dafür, dass diese keine
Verstopfung bekommt, denn mit einem Schlüssel öffnet sie ein
Fach am Unterleib des Automaten, sie zieht die Lade heraus und
schaufelt mit der hohlen Hand alle Münzen heraus, sie säubert
die Lade von dem Geld, dass das Verdauungssystem der Maschine durchwandert hat, und so wie eine echte Mutter keinen Ekel
vor den Ausscheidungen ihres Kindes besitzt, so selbstverständlich ist es der Automatenmutter, dass sie die Münzen in die Hand
nimmt, ganz unbefangen.

Nun, überraschenderweise, endet die Analogie, denn in einem
Akt von äußerster Koprophagie, von grausamer Zumutung,
wirft die Frau, nachdem sie das Fach verschlossen hat, die ausge-
schiedenen Münzen erneut in den Schlitz ihres Automaten, eine
nach der anderen, und der Automat lässt zum Dank dafür seine
Walzen rollen und ab und zu blinkt genießerisch ein Lämpchen
auf und die Frau tippt mechanisch auf die Starttaste und lässt
Euro um Euro in das Maul gleiten.

Wir essen unser Pizzastück rasch auf, verlassen irritiert die bizarre Szenerie, die sich in unseren Gedanken weiter und weiter
wiederholt und wir hoffen doch insgeheim, dass die Realität weniger grausam ist und dass die Maschine dereinst satt werden
wird oder dass die Frau auf den Platz vor den Aretusa-Teich tritt

und hinüber zum Meer schaut, wie es türkis ist, aber nicht mehr lange, denn es wird Abend.

Gespensterstadt

Die Straßen von Catania sind voller Menschen. Der Boulevard, der vom Domplatz zum Ätna führt, ist auf beiden Seiten von Geschäften gesäumt, an denen die Massen vorbeiströmen wie dickflüssige Lava. Es ist die Bewegung, die einen stutzig macht. Weder Hasten, noch Flanieren. Kein Beschauen der Auslagen, kein hektisches Vorbeieilen. Die Leute gehen einfach. Wohin, das weiß man nicht; jedenfalls scheinen sie die Läden nicht zu betreten. Die geschmückten Auslagen, die Mode, Schmuck, Accessoires anbieten, bleiben unbeachtet. Die Menschen gehen, wohin, das weiß man nicht.

In der Nähe des Domplatzes, hinter einem Triton-Brunnen, ist ein Markt. Die Stände reihen sich dicht an dicht: frische Fische, jeglicher Größe, Form und Farbe, einzeln oder dutzendfach gedrängt in Holzkisten, wo sich die Eisstücke schon längst verflüssigt haben und kaum ein Kiemendeckel sich mehr suchend hebt auf der vergeblichen Suche nach sauerstoffreichem Wasser. Metzger schneiden Filets; dort sind Gemüsehändler, Obststände, heiße Maronen. Der Markt ist voll, die Menschen drängen sich durch die engen Wege, sie quälen sich an den Ständen vorbei. Doch sie bleiben nicht stehen, sie schauen kaum auf die Auslagen, sie schwatzen nicht mit den Händlern, und bei denjenigen, die schon eine Einkaufstüte in der Hand halten, fragt man sich, wie sie diese bekommen haben und man kann sich nicht vorstellen, wie diese harten Gesichter und diese unruhigen Beine sich jemals von einer Sache, einem Punkt aufhalten lassen konnten.

Gespenster sind ruhelose Wesen. Sie sind ständig in Bewegung und sie haben einen guten Grund dafür. Rachsucht, erlittenes Unrecht, unglückliche Liebe, Intrigantenopfer. Gespenster sind ewige Wesen, außer die Erlösung befreit sie. Wer spricht das Zauberwort über die Catanesen aus?

Unwillkürlich schaut man zum Ätna hoch, dort, wo er sein müsste hinter dem Wolkenschleier. Ist er der Verursacher, ist er der Verderber? Der Ätna schweigt und versteckt sich. Es heißt, einer seiner vielen Nebenkrater sei immer aktiv. Die Lava ist ständig im Fluss. Auch der Ätna ist ruhelos, auch er ist ständig in Bewegung. Wohin?

Taormina im Regen. Die Inkarnation deutscher Romantik empfängt die Urlauber mit Prasselschauern. Die Seilbahn verbindet Unter- mit Oberstadt. Oben angekommen, ist der Dunst ebenso undurchdringlich, der Wolkenbruch ebenso scheußlich, nur ein kleiner Zipfel Meer ist zu sehen, aber das entschädigt nicht.

Taormina ist fast menschenleer. Die Geschäfte des Corsos glänzen mit ihren Glitzerwaren. Man ahnt den Trubel, der noch vor wenigen Wochen hier herrschte. Jetzt sind die Flüchtigkeitstouristen, die Gespenster fremder Länder, entflogen, ihre Tickets hatten sie zurück an die Flughäfen gerufen und sie haben Taormina so leer zurückgelassen, wie es wohl als Fischerdorf war.

Das römische Theater, verregnet, auch hier kaum Meeresblick. Die Konzentration erlahmt. Der letzte Urlaubstag gleitet unmerklich in den ersten Nicht-Urlaubstag über. Die Ohren werden durchlässig. Der Blick verengt sich. Man wird bereits blind für die Antike. Das Heute ruft. Die Gedanken eilen schon nach Hause, klopfen die Verpflichtungen und Notwendigkeiten wach, dass sie alle einen lärmend erwarten werden, morgen, am Abend, und alles wird transparent, verwaschen, nicht nur wegen des Regens, und man fühlt sich selbst zum Gespenst werden.

Entfernungen

Redegewandtheit und Intelligenz machen einen Menschen nicht zwangsläufig sympathisch. Sie können vergällt werden durch andere Charaktereigenschaften. Nehmen wir als Beispiel Herrn M. aus T. Er zeichnet sich durch Eloquenz und hohe Bildung aus, die er (siehe seine erste Eigenschaft) hervorragend auszudrücken pflegt. Allerdings - es mengt sich in seine Ausführungen noch etwas anderes, es fließt darin hinein wie Tinte in klares Wasser, verbreitert sich und trübt die ehemals reine Erscheinung. Herr M. ist ein Spötter. Alle Spötter sind zwangsläufig intelligent, denn zum Spott gehört das Erkennen verspottungsfähiger Themen, sowie das Ausformulieren von recht spotthaften Sätzen. Alle Spötter sind redegewandt, das ist eine conditio sine qua non. Ein uneloquenter Spötter ist fade und schon deshalb nicht mehr als solcher zu bezeichnen. Spötter sind allerdings unernst. Wenn sie es gelegentlich nicht sind, wenn sie also ihren Spott im Zaum halten können und mühelos zu ernsten Themen wechseln, dann sind sie uns in der Regel sympathisch. Geht jedoch der Spott mit ihnen durch, lassen sie sich von ihm davontragen und berauschen sich an ihrer Spottlust, wenn also alles Gesagte gleich verlächerlicht wird, dann erdrosselt sich der Spötter letztlich selbst mit seiner Kunst, wird er von dem feurigen Pferd, das ihn eben noch zum Erstaunen seiner Betrachter, vor allem aber der Zuhörer, so weit getragen hat, herabgestürzt, er verfängt sich im Zügel und wird vom eigenen Gaul weitergeschleift. Er selbst scheint dies nicht zu bemerken. Er sieht sich weiter als Teil der bewunderungswürdigen Schnelligkeit, er sieht sich weiterhin als Beherrscher des Pferdes und bemerkt nicht, wie ein Charakterzug von ihm den ganzen Wesensrest hinter sich herschleift und beschmutzt.

Spötter sind als Redner geeignet. Hier treten sie in abgegrenztem Rahmen und abgesteckter Zeit vor ein Publikum, das sich freut, spöttische Reden zu hören. Deshalb war der Auftritt des Herrn M. ein Erfolg, er badete sich zurecht in den nachgereichten Komplimenten (auch wenn er sie bescheiden, doch spöttisch, abzuwehren suchte). Die Dankesrede galt der Reiseleiterin und dem Busfahrer, und sie (die Rede) war wirklich gelungen, wenn auch zu weitschweifig. Doch an diesem Abend hatte ohnehin niemand mehr etwas anderes vor, es war der letzte Tag vor der Abreise, man genoss noch einmal das mediterrane Menü, man ließ sich genüsslich bedienen und kostete die drei Gänge bis zum letzten aus. Das Hotel hatte schon geschlossen gehabt, die Saison ist vorbei, doch man öffnete uns für eine Nacht noch einmal die Pforten und ließ sich die Flüchtigkeit unserer Anwesenheit nicht anmerken. Man setzte sich zu der gleichen Tischordnung hin wie an den Abenden zuvor: Das Rentnerpaar D. aus dem Hessischen, die Chefapothekerin N. (redegewandt und intelligent wie Herr M., aber weniger spöttisch und darum sympathischer), wir beide und natürlich Herr M., der Dominator des Tischgesprächs, der sich komödiantische Wortgefechte mit Frau N. lieferte und auch an diesem Abend einen aufgedrehten und fast pubertären Eindruck machte, so dass man ihm seinen Herzinfarkt und seine 65 Jahre nicht anmerkte.

Früh aufgestanden am Morgen. Die Schuhe, noch durchgeweicht vom gestrigen Wolkenbruch, mit dem Fön einigermaßen getrocknet. Ein Foto vom Balkon gemacht. Früh zum Frühstück. Wenig gegessen. Der Magen lechzt bereits nach heimischer Kost, er hat die Distanz nach Deutschland schon hinter sich gebracht, er mag keine weichen Weißmehlbrötchen, keine Marmelade und keine ausgetrockneten Käsescheiben. Wieder hoch ins Zimmer, Zähne geputzt, Kulturbeutel verstaut, Koffer vor die Tür, Zimmer aufgeräumt, Rucksack gepackt, Zeit zum Abfahren.

Der Bus bringt uns zum Flughafen nach Catania. Die Strecke ist kurz, die dortige Wartezeit ist lang. Zwei Stunden müssen vergehen, und der Flughafen bietet keine Ablenkung. Wenige Geschäfte, keine interessante Zeitung, man sinkt in einen Sitz und liest, wandert umher, sieht sich in dem Café um, schaut ob man hier endlich einen hundertprozentigen Saft bekommt, wird wiederum enttäuscht, man geht noch einmal, zweimal auf die Toilette, erst eine Stunde ist vergangen, man geht jetzt schon zum Gate, die Entfernung nach Deutschland scheint größer und größer zu werden, vor allem, weil man geistig bereits mit Sizilien abgeschlossen hat. Alles ist bereit für den Alltag, man plant die Gänge und Einkäufe, die man dort zu machen hat, man freut sich auf Speisen, die man eine Woche lang vermisst hat und trauert immer weniger den Pasta- und Fisch-Gerichten nach, die man hat schlemmen dürfen.

Pünktlicher Abflug, pünktliche Landung in Rom. Hasten durch den Transitbereich zum Gate für den Anschlussflug. Dort auch wieder Warten, wieder Suchen nach Zeitungen (vergeblich), nochmals auf die Toilette (eher aus Langeweile als aus Notwendigkeit), Warten, Sitzen, Lesen. Um einen herum nicht mehr Italiener, sondern Deutsche, alles Heimflieger, die Distanz will schmelzen.

Flug Rom-München. Die rotbeschienenen Alpen gleiten unter dem Flugzeug hinweg. Die Distanz zu Italien wächst. Heimgekommen ist man deswegen noch lange nicht. Landung, Koffer holen, S-Bahn, Hauptbahnhof, Zug, Müdigkeit.

Die Reiseeindrücke beginnen schon zu verblassen. Noch erinnert man, mit Anstrengung, alle Städte. Jedoch werden die Sehenswürdigkeiten und ihre Geschichte in einen Nebel getaucht. Noch stehen die Gesichter der Mitreisenden deutlich vor einem. Man meint sich vertraut zu fühlen, doch jetzt, mit dem kalten Deutschland vor dem Abteilfenster, blättert der Glanz der Reise ab. Man denkt an das gemeinschaftliche Essen im Hotel zurück und plötzlich erscheint es einem merkwürdig. Man hat zusammen gegessen, getrunken, erzählt und gelacht. Anekdoten von früheren Reisen wurden zum Besten gegeben. Die Geschehnisse des abgelaufenen Tages erzählte man sich mit seinen Höhepunkten neu. Und doch, bei alledem (und das merkt man erst jetzt, als der Zug sich dem Zielbahnhof nähert und man endlich aussteigt und sich auf den Weg durch den regennassen Abend macht), bei alledem also erkennt man nun erst, wie fremd man einander geblieben ist und niemand hat das bündiger in Worte gefasst als der männliche Part des Rentnerpaares D. aus Hessen, als er unaufgefordert sagte, dass er nichts davon halte, am Ende einer Reise die Adressen auszutauschen. „Nach der Reise ist Schluss", das waren ungefähr seine Worte. Man bringt eine Zwangsgemeinschaft zu einem zivilisierten Ende und man hat nie (außer natürlich Herr M. in Bezug auf Frau N.), man hat nie den Versuch gemacht, einander persönlicher zu werden, man hat unbewusst die Distanz im Kopf gehabt (und sie höchsten spöttisch durchbrochen), man war einander immer so fern wie man jetzt dem Land ist, aus dem man aus dem Urlaub zurückkehrt.